W0027073

Judith Kuckart

Café der Unsichtbaren

Judith Kuckart

Café der Unsichtbaren

Roman

DUMONT

Da draußen irgendwo wartet ein Tisch. Er ist noch feucht. An ihn werde ich mich setzen und nochmals beginnen. Morgen.

GRÜNDONNERSTAG

Die Wohnung, in der er ab jetzt wohnen würde, hatte er über eine befreundete Maklerin bekommen. Sie war leer. Kein Tisch, kein Stuhl, kein Bett, aber Raufasertapete. Daran änderte sich auch nichts, als er mit Rad, Helm, Rucksack und drei Plastiktüten einzog.

Bleibst du heute allein hier?, fragte die Maklerin.

Ja.

Wie willst du denn die Nacht verbringen?

Ich habe einen Schlafsack und einen Wasserkocher dabei.

Wenn du willst, kannst du mit zu mir kommen.

Nein.

Die Maklerin ging kurz nach acht. Sie war so alt wie er, also zu alt für ihn. Er rollte seinen Schlafsack aus, legte sich hin und verschränkte die Arme hinter dem Kopf. Seit Jahren arbeitete er auf Baustellen, schaffte schweres Material von da nach dort oder ganz fort. Er war stiller als die Kollegen und redete nicht gern über Frauen oder Politik. Er rauchte auch nicht. In den Pausen saß er meistens allein. Im Sommer verlieh er manchmal seine Sonnencreme. Er war nicht klüger als die anderen, nur trauriger.

Matthias' Großvater hatte mit seinen zwei Brüdern ein kleines Bauunternehmen gegründet. Sechs Tage die Woche hatten sie bei jedem Wetter mit Schaufeln Putz an die Wände von neuen und alten Häusern geschmissen und dabei weiße Unterhemden getragen, mal mit, mal ohne was drüber. Meistens standen sie auf ihrem Gerüst im Freien, nur manchmal fertigten sie in der Werkstatt unten im Haus, das ihnen nicht gehörte, eine Deckenrosette für das Wohnzimmer einer Kinobesitzerin oder Ballettlehrerin an. Sie bekamen Kinder, eins davon war sein Vater gewesen, der früh starb. Matthias hatte das Sterbezimmer, kaum dass der Tote hinausgetragen worden war, mit einer selbst gebastelten Lochbildkamera fotografiert. Sah man einem Zimmer an, dass dort soeben jemand gestorben war? Auf den fünf Bildern, die er so machte, waren weiße Schatten und Geister zu sehen gewesen, wegen der langen Belichtungszeiten.

Matthias schlief auf seinem Schlafsack ein.

Später klingelte Emilia. Sie ging durch den leeren Raum, der danach anders aussah. Sie stellte sich ans Fenster, um an den Farbspuren herumzuknibbeln, die beim letzten Anstrich auf die Scheibe geraten waren. Sie stand da, als würde sie eigenen Erinnerungen an seine neue Wohnung nachhängen. Er trat hinter sie, drehte sie zu sich und hob sie auf das Fensterbrett. Als er über ihre Schulter nach draußen schaute, fiel ihm eine ebenfalls leere Wohnung in einem alten Film ein. Vor den Fenstern dort hatte Paris gelegen. Innen war die Leere des Zimmers geteilt gewesen in Orange und ein Anthrazit, das verdunstete. In diesem Setting vom *Letzten Tango* hatten ein Mann und eine Frau einander berührt, hatte er sich wüst an ihr vergriffen. Als der Film ins Kino kam, war Emilia noch nicht geboren und Matthias – gerade mal fünf – der unberechenbaren Liebe seiner Mutter ausgesetzt gewesen. Zwanzig Jahre später hatte er in einer Spätvorstellung den *Letzten Tango* neben einer Frau angeschaut, die beim Kauf der Eintrittskarte dicht vor ihm in der Schlange gestanden hatte. Gemeinsam verließen sie das Kino vor dem Ende des Films und waren danach eine Zeit lang zusammen, bis sie aufgehört hatte, für zwei zu kochen.

Warum bist du hier, Emilia?, fragte Matthias eine halbe Stunde später. Sie saßen auf seinem Schlafsack. Schön kam sie ihm vor, vor allem im Profil. Ihre Wimpern waren lang und schwarz und hart wie Fliegenbeine. In der Ferne fuhr die S-Bahn vorbei. Magst du leere Wohnungen mit Mann?

Emilia umkreiste mit einer Hand sein linkes Knie, das nach einem Arbeitsunfall wie ein dickes, unförmiges Gesicht aussah und traurig zu ihnen aufschaute.

Ich bin wegen dieses Oh-ohh von neulich hier, sagte sie.

Wie bitte?

Du hast mich angeschaut und gesagt: Oh-ohh, Emilia, genauso habe ich auch vor vielen Jahren dagesessen und geredet.

Du bist hier, nur weil ich Oh-ohh gesagt habe?

Ja, es war so zärtlich, und es war so gleichgültig.

Eigentlich hätte sie lieber was mit Katzen und Kindern gemacht statt mit Geld, hatte Emilia bei dem ersten Treffen gesagt, bei dem sich jeder einzeln allen anderen im Stuhlkreis vorgestellt hatte. Das war vor über vier Jahren gewesen. *Oh-ohh,* hatte er bereits damals gedacht, als sie an dem Samstagvormittag einer Gruppe von Fremden so verlegen aus ihrem Leben erzählte, um sich am Ende des Tages selbstsicher ans Steuer eines teuren schwarzen Autos zu setzen.

Gehört meinem Chef! Sieben davon hat er in seiner Tiefgarage, sagte sie, alle mit der gleichen glitzernden Wunderdeko am Innenspiegel und Heiligenbildchen über den Lüftungsschlitzen – ja, woran der wohl glaubt, weiß ich auch nicht.

Sie hatte gelacht, sie lachte immer, wenn sie etwas erklärte.

In guter Stimmung war Matthias an jenem Februarsamstag zum ersten Treffen des Stuhlkreises gegangen. Auf dem Weg von der U-Bahn zum Haus neben der Kirche war er an Spätis, Imbissen und einem Sozialkaufhaus vorbeigekommen, das auf zwei Ständern vor der Tür Trachtenmode verkaufte. Einen Moment lang schaute er sich im Nieselregen dicke Strickjacken mit Norwegermuster an. Auch ohne sie zu berühren, wusste er, sie kratzten. An jenem Februarwochenende, das für immer nach nasser Wolle riechen würde, hatte er offen und gern von sich und seiner Mutter erzählt: Sie hat mich regelmäßig um den Tisch gejagt, bevor sie mich verprügelte, Tatsache, mit einem Absatzschuh in der Hand hat sie mich vor sich hergetrieben – und so ist dann alles gekommen.

Matthias' Blick in die Runde war an Emilia hängen geblieben.

Bist du danach Schuhfetischist geworden?, wollte sie wissen.

Alle lachten, auch er. So ein Stuhlkreis kann auch ein Zuhause sein, hatte er damals gedacht.

Gegen drei stand er in seiner leeren Wohnung noch einmal auf. Statt einer Flasche Bier öffnete er das Fenster. Zu seinem sechsten Geburtstag vor neununddreißig Jahren hatte er sich ein Gewehr gewünscht. Nein, sagte die Mutter und schlug ein Fahrrad vor. Man einigte sich auf eine Gitarre, so wie beim kleinen Elvis Presley. Woher kam der Gedanke jetzt, und wer brauchte den? Zusammengerollt wie ein Hase im Schnee schlief er wenige Minuten später wieder ein, während draußen bei den S-Bahn-Gleisen einer von diesen nachtaktiven Vögeln sang.

Nein, Sie stören nicht, gar nicht, dafür sitze ich ja hier am Telefon, sagte Rieke, während auch bei ihr eine Nachtigall sang, aber vor einem anderen Fenster und in einem östlicheren Teil von Berlin. Es sang folglich eine andere Nachtigall als die bei Matthias, doch war es hier wie dort die Nacht von Gründonnerstag auf Karfreitag.

Mögen Sie nicht einfach erzählen, was los ist?

Sie sind sehr freundlich, danke.

Da nicht für, sagte Rieke in Dienstzimmer 2.

Es ist ganz schwer auszusprechen. Ihre Kollegen haben gesagt, ich soll anrufen, wenn es wieder losgeht.

Was geht los?

Ich bin pädophil.

Pädophil schrieb Rieke mit ratlosen Großbuchstaben in ihr rosa Heft und glaubte, draußen auf dem Flur ein Geräusch gehört zu haben. Ganz still war es plötzlich an beiden Enden der Leitung geworden. Es war eine Stille, die sie hören konnte, bis der Anrufer sanft fragte: Wollen Sie jetzt noch mit mir sprechen?

Aber ja, sicher.

Kennen Sie mich nicht? Ich habe schon oft angerufen. Ihre Kolleginnen kennen mich, und Sie sind wohl neu?

Das ist doch egal, oder?

Aber Sie sind jung.

Auch das ist egal.

Aber es ist so schwer.

Weil ich so jung bin?

Wieder wurde es still, bis Rieke leise sagte: Hallo, sind Sie noch da?

Ja, ich bin noch da und hoffe, ich störe wirklich nicht, denn ich habe so oft schon angerufen, deswegen müssten Sie mich eigentlich kennen. Der Drang wird seit zwei Tagen wieder größer.

Rieke schaute auf das Plakat dem Schreibtisch gegenüber. Darauf gab sich eine Herbstlandschaft einem Sonnenuntergang hin, der tröstlich sein sollte.

Eine Ihrer Kolleginnen, sagte der Anrufer, hat einen Zettel an den Bildschirm geheftet, der Ratschläge gibt, wie man mit mir reden soll, wenn ich mich wieder melde. Der Stimme nach ist diese Kollegin eine sehr alte Dame. Kann nur von Schrey gewesen sein, dachte Rieke. Von Schrey war bald achtzig und bekannt für ihre gelben Klebezettel. *ACHTUNG! HEUTE WIEDER DER TRAURIGE GÄRTNER!* Oder: *VORSICHT, DER OPERETTENLIEBHABER!* Oder: *WIEDERHOLT IN DER NACHTSCHICHT VON SAMSTAG AUF SONNTAG: DER SCHAUSPIELER MIT DER PLASTIKTÜTE.* Die kryptischen Nachrichten der von Schrey klebten regelmäßig am Bildschirmrahmen und gaben Tipps für den Umgang mit Daueranrufern, die von Erschöpfung, Aufgewühltsein, Hoffnungslosigkeit oder einer Plastiktüte reden wollten, die sie sich im Lauf der Nacht über den Kopf ziehen würden. Bei Riekes erstem Nachtdienst hatte die Kollegin von Schrey neben ihr gesessen.

Nicht schlecht, gar nicht schlecht für den Anfang, Kind, hatte sie gesagt, als Rieke nach vier Stunden und fünf Anrufern ein letztes Mal auflegte. Was einmal von dieser Frau übrig bleiben würde?

Mir – ihr Lächeln, dachte Rieke, während jetzt der Anrufer am anderen Ende der Leitung sich räusperte: Wissen Sie, dass das eine Krankheit ist?

Ja, sagte Rieke.

Das bleibt bis zu meinem Tod so, wussten Sie das auch?

Waren Sie schon beim Arzt?

Ich hatte einen Arzt in einem großen Hospital, wo es auch einen schönen Park gab, und der verstand mich. Verstehen Sie mich auch?

Wo ist er jetzt, der Arzt?

Tot.

Ach, sagte Rieke, das tut mir leid.

Mir auch.

Aber das Klinikum gibt es doch noch, oder? Dort werden Sie jemand anderen finden, zu dem Sie gehen können.

Aber wenn man sich nicht kennt …

Wen kennt man schon?, sagte Rieke. Sie hätte schreien, sie hätte singen mögen, aber fragte stattdessen: Was ist denn jetzt mit dem Klinikum? Es ist doch eine Krankheit, das sagten Sie selber, und wenn einer Krebs hat, hat er auch ein Anrecht auf Hilfe.

Richtig, ich muss dringend mit jemandem sprechen.

Ich höre Ihnen zu.

Wieder folgte Schweigen, folgte eine gespannte Stille, die sich mehr und mehr auf einen möglichen Sinn hin ausbreitete, ohne deswegen zugänglicher zu werden. Rieke wurde das Gefühl nicht los, sie säße ziemlich harmlos und blöd am Telefon, mit gespitzten Ohren, deren Ränder sich vor Anstrengung oder Scham langsam rosa einfärbten.

Hallo, fragte sie leise, sind Sie noch da?

Ja, haben Sie vielen Dank und eine gute Nacht Ihnen, flüsterte der Anrufer.

Geht es jetzt besser?

Ja.

Dann schlafen Sie gut.

Sie auch, erwiderte der Mann am anderen Ende der Leitung, und hoffentlich bleiben Sie so nett. Man weiß ja nie, wer heute noch anruft.

Das Gespräch hatte keine zehn Minuten gedauert, und drei Stunden Dienst blieben für Rieke noch. An dessen Ende würde sie in diesen Bus um 3.03 Uhr steigen, der an der nächsten Straßenecke abfuhr. Während er an seinem Perlenarmband spielte, hatte der Psycho-Ausbilder beim Sorgentelefon gleich zu Anfang vorausgesagt: Vor allem die Nächte sind so, Leute, es gibt nichts, warum die Menschen nicht anrufen!

Rieke stand auf und öffnete in Dienstzimmer 2, zweiter Stock Hinterhaus, beide Fensterflügel. Vielleicht würde so überraschend eine gute Nachricht eintreffen – oder ein lieber Besuch? Sie schaute zum Vorderhaus. Nur ein einzelnes Fenster im Stock gegenüber war erleuchtet. Mit hängenden Armen stand dort ein junger Mann im hässlichen Streulicht seiner Deckenlampe. Jetzt schaute er zu ihr, und kurz dachte sie, er winkt. Aber das tat er nicht. Er war einfach nur – so wie sie – allein. Anfang des Jahres hatte sie ihn dort mit diesem amerikanischen Kühlschrank einziehen sehen, der seitdem wie ein unhandlicher Freund oder wie ein riesiger weißer Hase neben ihm stand. Ein Hase, an den er sich manchmal anlehnte, wenn er aus dem Fenster blickte und nichts an ihm verriet, was er eigentlich sah. Manchmal telefonierte er auch dort drüben, wenn sie telefonierte, und einige Male hatte auch er gelacht, wenn sie gerade lachte. Also waren sie doch miteinander verbunden, ohne wirklich verbunden zu sein? Was für einen Eindruck sie wohl von dort drüben aus betrachtet machte? Den eines Mädchens, das einmal Frau und am Ende hauptamtliche Geschäftsführerin hier bei Sorgentelefon e. V. werden würde, obgleich sie immer von einer Stelle als Pfarrerin mit altem Haus und altem Birnbaum dazu geträumt hatte, das mit seiner karminroten Fassade und einer Familie dahinter sehr eigenständig im Schatten einer Kirche stand?

Sie würde heiraten?

Nein, würde sie nicht.

Keine drei Stunden später packte sie ihr rosa Heft in den Rucksack und löschte das Licht am Schreibtisch. Ob jemand – wenn auch verspätet – für die Schicht von 3.00 Uhr bis 7.00 Uhr kam, hatte sie im Dienstplan nicht nachgeschaut. Sie ließ die zwei Neonröhren im Flur brennen und rannte die Treppe hinunter, während sie sich eine blaue Arbeitsjacke um die Hüften knotete. An ein Haus musste sie dabei denken in jener Straße am Stadtrand, in der sie mit Mutter und Bruder gewohnt hatte, nachdem der Vater, der Herr Pfarrer, mit seiner Gemeindehelferin durchgebrannt war. Hinter dem Haus floss ein Kanal. Die Bäume an seinen Ufern sahen bei hohem Wasser wie Damen aus, die ihre Röcke raffen. Das Haus, nur wenige Schritte vom Wasser entfernt, war feucht gewesen, wie alle Häuser dort. Putz bröckelte von den Außenwänden. Die Scheiben waren zerbrochen und einige Fenster mit Pappe verklebt. Im Garten stand ein Nussbaum, Metallrohre lagen herum. Dazwischen wuchs, was wollte, auch Rhabarber, und ganz hinten beim Zaun ein Johannisbeerstrauch. In dem Haus wohnte als Nachbar ein Mann, den man nie sah. Nur einmal hatte Rieke ihn beim Briefkasten getroffen, in Trainingshosen und einem karierten Hemd, das über dem Bauch spannte. In der Nacht darauf träumte sie, er hätte sich zu ihr umgedreht, hätte lange Wimpern gehabt, die schrumpeligen Lider eines Elefanten und auch diesen klugen, flehenden Tierblick.

Sie solle ihn küssen, hatte er gesagt. Küssen!, wiederholte Rieke jetzt und ließ die letzten vier Treppenstufen im Sprung hinter sich. Kurz vor drei: Etwas an diesem Moment oder der plötzlichen Bewegung kam ihr vertraut vor. Genauso war es schon einmal gewesen. Nichts hörte auf, wenn es vorbei war. Eine Sache erlebte man nicht nur einmal. Man erlebte die Dinge, wenn sie geschahen, und jedes Mal, wenn einen etwas daran erinnerte, erlebte man sie wieder. Der Elefantenmann in Trainingshosen damals und dieser Sprung auf einer nächtlichen Hinterhaustreppe jetzt sollten etwas miteinander zu tun haben? Alles hing mit allem zusammen? Das glaubt dir doch kein Mensch, Rieke, sagte sich Rieke und griff nach den geknoteten Ärmeln der blauen Arbeitsjacke vor ihrem Bauch. Die hatte ihre Mutter mit siebzehn von einem Dorfmarkt in Frankreich mitgebracht, um ihren langen Lavendelsommer in einen drohenden deutschen Herbst hinüberzuretten. Mein Gott! Rieke zog die kleine Tür zum Hinterhof auf. Jetzt wollte auch diese alte Jacke aus dem Jahr 77 mit der seltsam flirrenden Nacht da draußen vor der Tür etwas zu tun haben.

Gleich nach dem höflichen Pädophilen hatte eine bittere Betti angerufen, ihren Namen mehrfach genannt und ihre Arbeitslosigkeit, Armut, Schlaflosigkeit sowie eine drohende Obdachlosigkeit am Telefon entfaltet und wieder neu gefaltet, ohne dass Rieke eine Lösung eingefallen wäre. Aber eine Beziehung hatten sie zueinander gehabt, Betti und sie, für eine knappe halbe Stunde. Rieke hatte gelauscht, nicht einfach nur zugehört. Sie hatte wie in Bettis Mundhöhle gesessen. Soll ich wohl nach Köln zurückziehen, solange ich noch ganz schick bin?, hatte die alte Kölnerin nach Betti wissen wollen. Die Frage klang, als sei die Entscheidung längst gefallen. Kurz war das Gespräch gewesen, in dem Rieke ständig wiederholt hatte: Nur zu, nur zu, tun Sie, was Ihre innere Stimme Ihnen sagt!

Jetzt lief Rieke durch den Hinterhof und schaute hoch zur zweiten Etage des Vorderhauses, wo unter hässlichem Streulicht der Kühlschrank allein in der Küche stand. Mein Gott, manche Dienste waren öde wie dieses Licht da oben. Andere gaben Einblicke in Welten, in denen sie nie sein würde, oder in Leben, die sie nie würde führen mögen. Ich komme einfach nicht raus aus diesem Gefühl der Gefühllosigkeit, wiederholte an manchen Tagen ein Anrufer nach dem nächsten, sodass Rieke versucht war, allen eine gemeinschaftliche Sammelklage vorzuschlagen. Denn dieser chronische Kummer konnte nicht nur mit den Anrufenden zusammenhängen. Wer sonst war noch schuld? Irgendjemanden musste es geben, der all diese Unglücklichen in den gleichen Regenmantel gesteckt hatte, an dem das Leben so schmerzlich abperlte. War das so? War diese Gesellschaft so? Ein Tusch! Dhada-tata! Kurz vor Dienstschluss hatte sich noch ein Daueranrufer gemeldet, mit genau diesem Dhada-tata. *Unser Operettenliebhaber* nannten ihn alle. Wahrscheinlich lebte er in einem Nest, in dem es nur Kopfsteinpflaster und nicht einmal eine Bäckerei gab.

Hey, ich will Ihnen mal wieder was erzählen.

Ganz Ohr!

Das Ende meiner Ausbildung, junge Frau, fiel mit dem Ende dessen zusammen, wofür ich ausgebildet worden bin.

Was war das genau?

Stellmacher. Wissen Sie, was das ist? Sind Sie eigentlich aus dem Osten oder aus dem Westen, junge Frau?

Norden, hatte Rieke geantwortet, ich bin aus dem Norden.

Norden, so wie ich? Das hätte ich nicht gedacht. Sind Sie dann auch mit einer Schwalbe zur Arbeit gefahren? Das hat bei uns sogar der Bürgermeister gemacht. Wissen Sie überhaupt, was eine Schwalbe ist?

Ich weiß, was eine Schwalbe und auch was ein Bürgermeister ist. Aber wissen Sie, ob Sie heute Nacht die richtige Nummer gewählt haben?

Wieso?

Das hier ist keine Quizsendung.

Stimmung!, hatte da der ehemalige Stellmacher aus seinem Nest irgendwo im Norden gerufen, Stimmung, es muss getanzt werden!

Keine Viertelstunde später hatte er ihr mit chronischer Begeisterungsfähigkeit alles über den letzten Operettenbesuch in der Stadthalle des Nachbarorts erzählt und die Habanera angestimmt: Dhada-tata-dhadhadah-tata-dhadhadah-tata-dhadhadhatha … – mit dem Bus bin ich hin, tata!

Carmen ist aber keine Operette, hatte Rieke gesagt und gedacht, dass eigentlich alles, was sie während ihrer Dienste hörte, vertont werden müsste. So bekämen diese Geschichten am Ende einen musikalischen Sinn, so wie auch die schlimmsten Katastrophen beim Erzählen einen Sinn bekamen.

Rieke lief an den vier Parkplätzen im Hinterhof vorbei, von denen zwei für Sorgentelefon e. V. reserviert waren. Auf einem stand eine schmuddelige, senffarbene Couchgarnitur aus Cord. Die drei anderen waren leer, leer wie ihr Leben damals, am Ende jener Phase, in der sie sich an Schauspielschulen beworben hatte, bis sie nach dem sechsten Vorsprechen aufgab. Auch das nur eine Phase, Hase, hatte sie sich später gesagt, nachdem sie die letzte Absage verdaut und so offensichtlich kein echtes Talent hatte oder nur das eines Holzpferds.

Also studierte sie jetzt Theologie.

Vor dem Durchgang zum automatischen Tor, das auf eine nächtliche Straße führte, schaute sie noch einmal hoch zum Kühlschrank im zweiten Stock. Dort, im Fenster, brannte kein Licht mehr, aber eine einzelne zerfetzte Wolke zog am Himmel entlang, zog unerhört weit oben und Lichtjahre entfernt vorbei, diese Wolke. Sie sagte, hör zu Rieke, deine Zukunft existiert bereits, und deine Vergangenheit ist noch da. Nichts verschwindet, nichts. Die Dinge passieren nicht nacheinander und auch nicht zufällig, Rieke, die Dinge hätten nicht anders laufen können, auch die traurige Sache mit der Schauspielschule nicht. Die Dinge, Rieke, sind gefüllt mit Ereignissen, die unabänderlich und also Gott sind. Rieke griff in ihren Rucksack, um sicher zu sein, ihr rosa Heft dabeizuhaben. Es war eine alltägliche, nervöse Geste, die sie von sich kannte, doch jetzt kam sie ihr fremd vor, so als hätte irgendwer da oben aus dem nächtlichen Himmel nach dem Grund ihrer Geburt gefragt, und sie da unten im Hinterhof suchte nach der Antwort in einem Rucksack.

Die Nacht draußen auf der Straße war mild und der Mond rund. In den verwaisten Gängen des Getränkemarkts rechts vom automatischen Tor brannte blaues Notlicht. Zwei kleine Gabelstapler tanzten dort während der Öffnungszeiten zwischen den Regalen, aber nie ein Mensch. Rieke durchquerte die Durchfahrt und stemmte das Tor zur Straße auf. Der Nachtbus war noch nicht in Sicht und auch sonst kein Verkehr. Aber auf dem Mittelstreifen zwischen den Fahrbahnen, wo mehrere Autos unter der Hochbahn parkten, stand jemand, ließ ein Streichholz aufflammen und neigte den Kopf, um seine Zigarette anzuzünden. Er trug eine Kapuze und war deswegen zu dieser Stunde alterslos, solange er sich kaum bewegte. Die Flamme grub ein rotes Loch in die Dunkelheit.

Moin, sagte Rieke laut, ohne zu wissen, warum.

Der Stimme nach kam die Antwort von einem jungen Mann.

Vier Jahre zuvor

Eine Emilia, die neben mir saß und beim Sprechen ein Bonbon von der einen Backe in die andere schob, eine Rieke in räudiger Trachtenjacke mit Norwegermuster, ein Matthias, der sein Knie massierte, weil es offenbar schmerzte, und das Perlenarmband des Ausbildungsleiters waren mir in jenem Stuhlkreis vor vier Jahren als Erstes aufgefallen. Ein Stuhl war noch frei gewesen. Ich war eindeutig die Älteste in der Runde, die an jenem verregneten Februarsamstag die Ausbildung bei Sorgentelefon e. V. begonnen und sich von Anfang an geduzt hatten. Gerade, als ich mich vorstellen und meinen Namen *von Schrey* deutlicher wiederholen wollte, betrat eine Person den Raum. Da stand sie. Die anderen saßen. Sie war zu spät gekommen und hatte ein Katzengesicht.

Wie lange dauern eigentlich die Nachtdienste?, fragte ich, während sie zu dem freien Stuhl ging.

Meine Frage war wie aus der Luft gegriffen, aber die Antwort wichtig. Ich leide an Schlaflosigkeit und suchte damals schon nach einer Aufgabe, die meinen Nächten den Abgrund nehmen und eine Tiefe geben.

Früher waren es acht, jetzt sind es zweimal vier Stunden Nachtschicht, sagte der Ausbilder, während die Frau mit dem Katzengesicht einen feuchten Wintermantel über die Rückenlehne ihres Stuhls hängte. Sie hieß Wanda, erfuhr ich später. Der Ausbildungsleiter war mittlerweile aufgestanden und schrieb etwas, das wie eine Regel klang, an eine Wandtafel aus dem letzten Jahrtausend. Als er sich wieder umdrehte, sah er an Wanda vorbei zur Tür, die sie hatte offen stehen lassen.

Vergangenes Jahr, sagte er, hatten wir eine Frau im Team, die meldete sich während der Nachtschichten regelmäßig für eine Stunde ab. Als wir nachfragten, meinte sie: Ich muss auf meine Gesundheit achten, ich muss zwischendurch mal kurz schlafen. Wer, fragte der Ausbilder und sah weg von der Tür und zurück zur Runde, wer kann wissen, wie viele Menschen in genau der Stunde angerufen und schließlich die Warteschleife verlassen haben, um sich umzubringen?

Nur Gott, nur Gott kann dies wissen, der liebe Gott, sagte die Emilia neben mir und bückte sich nach dem Becher mit dem Logo *Sorgentelefon* unter ihrem Stuhl.

Übrigens, beten hilft!

Es folgte ein Augenaufschlag, der war blau, so blau. Ich konnte die Augen dieser Frau hören. In ein paar Wochen würde genau diese Emilia beim Thema Selbstmord lachend in die Runde schauen und versichern, also damit habe sie gar nichts am Hut, doch beneide sie manchmal die, die tot seien. Auf den ersten Blick war sie ein Mädchen, auf den zweiten eine Irritation und auf den dritten eine Frau um die vierzig. In ihrem Dekolleté wohnten die Brüste dicht beieinander. Der Querbalken eines Strasskreuzes bohrte sich ins weiche, weiße Fleisch.

Beten! Gott, du kannst tatsächlich beten? Wanda fuhr sich mit der Hand ins Katzengesicht.

Du etwa nicht, wo kommst du denn her, etwa aus dem Osten?, fragte Emilia zurück.

Ein jeder Augenblick hat seine Biografie, hätte ich – von Schrey – als Älteste in der Runde da energisch klarstellen sollen, und Beten kommt in manchen Leben einfach nicht vor. Jede Situation hat eine Geschichte, Leute, hätte ich sagen sollen, eine, die man kennen muss, um das Woher und Wieso eines jeden Menschen zu verstehen. Aber da meldete sich bereits die alte Puppe namens Marianne, die bislang wenig gesagt hatte, um Wanda auf ihre Art in Schutz zu nehmen.

Ist Gott eigentlich lieb?, fragte sie in den Raum hinein, ohne irgendwen genauer anzuschauen.

Die Frage nach Gott ließ sich in der Mitte des Stuhlkreises nieder und blieb dort hocken, während der Ausbildungsleiter weiterredete. Man sollte sich, sagte er, darüber im Klaren sein, dass nachts bei den Diensten alles anders sei als am Tag. Nicht selten müsse man bei einem Gespräch durchhalten bis zum Morgengrauen, vor allem wenn die Leute arm, alt, abgehängt und aus dem Osten seien. Seinem Durchhaltesatz fügte er ein leises *Genau* hinzu, bevor er sich wieder zur Tafel drehte. Breitbeinig und mit dem Rücken zur Gruppe stand er da, um weitere Regeln mit Kreide anzuschreiben und dabei sein Perlenarmband auf dem behaarten Unterarm etwas höher rutschen zu lassen. Ich musste an einen Vogel denken, der ungeniert vor aller Augen in einer Pfütze badet.

Was noch?

Niemand antwortete.

Genau, sagte er, man muss jede Person in ihrer Bekloppheit akzeptieren, muss akzeptieren, dass Frauen grundsätzlich das Kind mehr schützen als den Mann und dass sie vom Ehebruch rascher erzählen als von der missratenen Tochter.

Stimmt das?, fragte ich.

Ja, sagte Emilia, das stimmt. Es ist immer peinlicher, das Kind geschlagen zu haben, als vom Mann geschlagen zu werden.

Ich, sagte ich, ich weiß nicht – aber hielt inne.

Wer von Ihnen hat noch mal Kinder? Sie, oder?, fragte der Ausbildungsleiter in mein Zögern hinein und sah Emilia an. Sie nickte, zärtlich irgendwie.

Zwei!

Genau.

Ich auch! Ein älterer Mann und promovierter Physiker, der seinen Nachnamen bei der Vorstellung weggemurmelt hatte, hielt flüchtig den Zeigefinger hoch und schlug die Beine auf eine Art übereinander, als gäbe es nichts auf der Welt, das er noch nicht kannte. Der, dachte ich damals, der hat vielleicht Kinder, aber die mag er nicht. Der mag nur seine Enkel, falls er welche hat. Bis vor Kurzem hatte er, der Dr. Lorentz hieß, bei der Landesschau *Wir im Saarland* gearbeitet. Jetzt war er in Rente und wohnte endlich in Berlin, auf der Karl-Marx-Allee, früher Stalinallee. Die Straße deiner Träume, oder?, hatte Emilia ihn vorhin gefragt, aber eigentlich zu Matthias hinüber geredet, dessen Halsmuskeln eine Kontur und antrainierte Stabilität zeigten wie bei einem Boxer. Manche wohnen eben gern denkmalgeschützt, hatte er gemurmelt und Emilia zugelächelt.

Ach ihr, ihr werdet euch ineinander verlieben, wusste ich da bereits.

Auf die Kinderfrage hat dann Matthias seinerseits kleinlaut geantwortet, er sei auch ein Vater. Ich bin Mutter einer Tochter, setzte die alte Puppe Marianne nach, aber wir haben nicht mehr so viel Kontakt. Rieke, deren Züge noch ihren Ausdruck suchten, war die Jüngste in der Runde, zuckte unter ihrer räudigen Trachtenjacke mit den Schultern und wurde rot. Rasch schauten alle Wanda an. Ich habe auch keine Kinder, sagte sie, und will auch keine mehr.

Und du, Frau von Schrey?, fragte Matthias.

Ich?

Allein hatte ich später während einer Kaffeepause im Kreis der leeren Stühle gesessen und mir vorgestellt, was wir, also Wanda, Rieke, Emilia, was Matthias, Marianne und der promovierte Physiker Lorentz am Abend dieses ersten Ausbildungstags daheim wohl machen würden.

Rieke sah ich an einer theologischen Semesterarbeit sitzen. Grundlage dafür, stellte ich mir vor, ist das schmale Buch eines Syrers namens Lukian, das von der Gier der Menschen nach Ruhm und Reichtum handelt. Gut einhundertfünfzig Jahre nach Christus hatte dieser Lukian, geboren irgendwo zwischen Euphrat und Tigris, Gespräche von fiktiven und real existierenden Personen aufgeschrieben. Ein guter Ansatz, fand ich, und nickte Riekes leerem Stuhl zu. Denn was ist schon fiktiv und was ist real existierend, mein Kind, wo bitte soll da der Unterschied sein? Die Auslegung dieser *Totengespräche* des Lukian, die auch bei mir daheim im Bücherregal stehen, würde sicher mehr eine literarische als eine theologische Herausforderung für die kleine, aber kritische Rieke sein. Nach einem vernieselten Februartag wie diesem – so dachte ich – könnte sie ein Motto von Walter Benjamin dem ersten Kapitel voranstellen: *Warum nicht vertrauen auf eine neue Armut, die uns dahin bringt, von vorn zu beginnen …*

Dr. Lorentz wird möglicherweise Hemden bügeln – stellte ich mir mit Blick auf seinen Stuhl vor – und dabei aus dem Fenster in eine Häuserflucht schauen. An deren Ende zeichnet sich elegant, kühl und scharf die Kulisse eines neuen Berlins ab. Wie in Shanghai, wird er einen Vergleich suchen, weil er schon mal in Shanghai war. Kurz vor Mitternacht aber wird er glauben, in Chicago zu sein. Denn auch dort war er schon. Was solche abstrakten Formen, die Häuser in der Dunkelheit annahmen, doch mit einem wie Lorentz machten …

Wanda, so dachte ich, könnte auf dem Sofa liegen, mit den Zehen knacken, Tee trinken und abwarten, bis in ihrer Einbildung das Ikeapolster unter ihrem Hintern salzig und feucht wie das Holz von Schiffen riecht, auf denen sie lange zur See gefahren ist. Als Einzige hat sie sich dort sonntags an Deck die Nägel gefeilt. Die anderen schauten ihr dabei zu, waren Männer und drehten Zigaretten mit einer gewissen Unschärfe im Blick. Denn jenseits der Reling zerfiel ihnen allen rasch die Wirklichkeit zwischen Himmel und Wasser, bis keiner, egal, ob Mann oder Frau, noch wusste, welcher Wochentag eigentlich war.

Marianne wird wahrscheinlich in einer kleinen Wohnung vor dem Spiegel stehen und wieder einmal feststellen, dass sie schon längst nicht mehr aussieht wie eine von diesen Kindfrauen auf den Covern zerlesener Taschenbuchkrimis. Trotzdem, so wird sie sich sagen, werde ich eines Tages noch einmal glücklich sein. In der Nacht wird dieser Wunsch eine potenzielle Handlung werden, denn sie wird von einem Hund träumen, der gänzlich schwarz und eigentlich mehr Schattenriss als Hund ist. Er wird sich neben sie legen, die Schnauze an ihren Arm drücken und so verharren in einer reglosen Bezogenheit zu ihr.

Matthias jedoch wird zu viel trinken, wie in den Jahren zuvor und denen danach auch. Wieder und wieder wird er den Zollstock in die Ecke seiner heruntergekommenen Hausmeisterwohnung werfen, in der er im Moment noch, aber in ein paar Jahren nicht mehr wohnt, während hinter der Wand ein Fahrstuhl auf und ab schabt, der zu den Luxusappartements der Schönen und Reichen über ihm führt. Wir arbeiten hier nicht laut, aber beharrlich und unsichtbar an der Basis der Gesellschaft, wird er die Worte des Ausbildungsleiters wie ein Mantra wiederholen, bevor er den Zollstock etwas schwunglos und zum letzten Mal in die Ecke schmeißt.

Ich schmeiß auch bald meinen Job hin, wird die schöne Emilia sagen, als hätte sie auf Kilometerferne den armen Zollstock gegen Matthias' Wand fliegen hören. Ich bin es leid, alten Damen die Schrottpapiere meiner Bank zu verkaufen, wenn sie mich fragen, wie sie ihr Erspartes für die Enkel anlegen sollen!, wird sie zu ihrer Mutter sagen, die spät noch aus Litauen angerufen haben wird, wo sie in einem kleinen Fachwerkhaus im deutschen Stil und nah der Ostsee wohnt.

Und ich?

Als Letzte hatte ich an jenem Februarsamstag vor vier Jahren den Stuhlkreis verlassen, um den anderen zur Kaffeepause in die Küche zu folgen. Der Kreis blieb allein zurück, aber meine letzte Bewegung war noch da in der Spanne zwischen Stuhl und Stuhl. Manchmal nehmen mir solche Gedanken ein wenig die Angst, auch die Angst vor dem Tod.

Zwei Jahre später – wieder an so einem vernieselten Februarsamstag – war die Ausbildung beendet. Doch trafen sich alle nicht im Stuhlkreis, sondern in Cottbus an der Grenze zu Polen. Aus anderen Städten kamen andere Kurse. Zu fünft waren sie mit einem Gruppenticket im Regionalzug aus Berlin angereist. Auf der kurzen Fahrt gab es Kaffee aus der Thermoskanne, den Marianne mitgebracht hatte. Wanda war diesmal pünktlich gewesen, Emilia hingegen nicht dabei. Matthias machte auf dem Weg vom Bahnhof zum Beauftragungsgottesdienst Fotos, auf denen sie fehlte. Die Beschriftung der Busse, die Regenwasser bis auf die Gehsteige spritzten, war zweisprachig, und die Kirche, in der die Zeremonie stattfand, von einer Hässlichkeit, die einmal als modern durchgegangen sein musste. Allen wurde am Altar eine orangene Rose und – wie ein Schulzeugnis – die Beauftragungsurkunde überreicht. Lorentz kam mit dem Auto zum Termin und brachte eine Kollegin von früher auf dem Beifahrersitz sowie ein Blech Windbeutel auf der Rückbank mit. In einer Rauchpause vor der Sakristei schimpfte diese Kollegin mit fränkischem *R* auf die DDR, bis Wanda sie stehen ließ und in den Klubraum zum Kuchenbüfett ging. Wandas Mutter war Ende der Siebziger ein Mädchen mit Pony und harten Muskeln an Oberarmen und Beinen und Lehrling im Bewehrungsbau gewesen. Sie hatte Stahl für Plattenbauten genietet, am Rand von Cottbus, wo Ort und Rand nur schwer voneinander zu unterscheiden waren. Im Lehrlingsheim hatte sie gewohnt, war kollektiv nach der Arbeit erschöpft, kollektiv gegen 18 Uhr wiedererweckt und allzeit bereit gewesen, in den nächsten Klub zu ziehen. Mit achtzehn wurde sie schwanger.

Du bist ein Produkt des Kollektivs, Wanda, sagte die Mutter gern.

Ja, Mutti, und du bist für mich die DDR!

Früher als alle verschwand Wanda mit Rose und Urkunde wieder Richtung Bahnhof Cottbus. Sollten die anderen doch zu viert mit dem Fünferticket fahren oder sich jemanden suchen, der an so einem Tag besser drauf war als sie. Sie ging durch eine Dunkelheit, die ihr besonders auf der Brücke über den Gleisen polnisch-sozialistisch vorkam. So war das früher auch gewesen, aber früher, wann war das gewesen? Etwas fügte sich in dem kalten Nieselregen von Cottbus gefühlt zusammen, ohne dass sie eine Sprache dafür hätte finden können. Sie hasste diese Momente, in denen ihr klar wurde, wie lächerlich ähnlich sich doch Erinnern und Vergessen waren. Wanda war geboren in einer Zeit, als die DDR nicht mehr ganz DDR war, aber sie fühlte sich noch immer wie ein Kind von dort – so wenigstens hatte sie sich beim ersten Treffen ihrer Ausbildungsgruppe beschrieben. Zonenkind also, hatte Lorentz diagnostiziert, aber an Wanda vorbeigeschaut. Wanda war seinem Blick gefolgt. Eine Frau im Vorderhaus hatte gerade ihre Gardine vorziehen wollen. Sie hielt inne, als hätte sie Lorentz' oder Wandas Blick bemerkt. Das Zimmer in ihrem Rücken war lang und schmal und die Tapete düster. Wer glaubt denn heutzutage noch an Tapeten, hatte Wanda gedacht, und wer sagt noch das Wort *Zone* mit einem so dunklen Zungenschlag wie Lorentz, als müsste er ständig ein Damals im Jetzt und ein Dort im Hier beschwören? Zone, dachte sie, dieses Wort löst doch eigentlich nur noch Vorstellungen von öligen Regenbändern aus, die durch das undichte Dach einer verlassenen Maschinenhalle fallen.

Ja, bin ich denn ein Zonenkind, nur weil ich in der Kindheit zu viel über asbestverseuchten Dämmestrich gelaufen bin und meine Haare, wenn ich sie lange nicht gewaschen habe, wie Moskau im Winter riechen?, hatte Wanda Lorentz gefragt. Weder er noch die anderen verstanden, was sie meinte. Okay, sagte sie in den Stuhlkreis hinein, dann mache ich mal weiter mit meiner realen und irgendwie auch sozialistischen Biografie. Ich habe also Fliesen-, Platten- und Mosaiklegerin gelernt und bin ab 2002 als Unteroffizierin für die Marine zur See gefahren. Jetzt arbeite ich im Depot eines DDR-Museums, Punkt! Danke, hatte der Ausbilder mit dem Frauenarmband gesagt und in die Runde geschaut.

Ich betone nochmals, dass wir alles, was hier gesagt wird, mit Anteilnahme, Akzeptanz, Wertfreiheit, Partnerschaftlichkeit und wohlwollender Neugier aufnehmen! Wir praktizieren hier aneinander, was wir später dienstlich auch am Telefon praktizieren werden.

Sonst noch was? Wo bleibt der Humor?

Wanda hatte sich plötzlich schläfrig gefühlt.

Am Bahnhof Cottbus nahm sie den Regionalzug zurück nach Berlin. Zwei dicke Mädchen, die ihre schmutzigen Socken zärtlich gegen die Schienbeine ihrer dicken Mutter drückten, schauten im Internet Fußball.

Fresst nicht die ganze Zeit dieses Vogelfutter, ermahnte sie die Mutter und zeigte auf die Tüte zwischen den beiden.

Das ist kein Vogelfutter!

Aha, sagte die Mutter.

Aha, echoten die Mädchen und gingen zu zweit auf ihren schmutzigen Socken ins schmutzige Regionalzugklo. Als sie vierhändig die Tür geöffnet hatten, zog eine Duftwolke Marke rosa Billigkaugummi durch den Waggon.

Später am Bahnhof Zoo nahm Wanda den Ausgang, der auch zur Bahnhofsmission führt. Der gleiche rosa Geruch wie eben schwebte dort über feucht glänzenden Bodenkacheln, auf denen ein paar Schlafsäcke mit Männern darin lagen. Einer hatte auf ihren Hinterkopf gezeigt, wo ein Gummi das Haar straff zusammengeknotet hielt, und gerufen: Na, kann man mit der Frisur auch ficken?

Gründonnertag; kurz nach sieben

Weißt du eigentlich, dass ich am liebsten Horrorfilme anschaue, vor allem nachts?, hatte Marianne soeben gesagt, während sie sich anschnallte.

Da die Plätze im Hinterhof alle besetzt waren, parkte Wandas Twingo auf der Straße beim Getränkemarkt. Sie steckte den Schlüssel ins Zündschloss. Kurz nach sieben hatten beide ihre Nachmittagsdienste beendet. Die Hochbahn ratterte vorüber. Eine Nachtigall saß im Baum neben dem automatischen Tor, den Kopf in den Federn und noch eingebohrt in irgendwelche Tagträume. In der

Nacht, die kommt, wird der Vogel vor Dienstzimmer 2 singen, und kurz nach drei wird Arian unter der Hochbahn stehen, um auf Rieke zu warten, um mit seiner Zigarette ein rotes Loch in die Dunkelheit zu bohren. Für sie.

Stimmt das?

Ja, das ist nämlich so: Viele Physiker denken, dass das Voranschreiten von Zeit nur eine Illusion ist. Einstein definiert Zeit in Zusammenhang mit Raum. Wissenschaftler haben ein Experiment gemacht, mit zwei synchronisierten Uhren. Eine auf der Erde, die andere in einem Flugzeug: Bei der Landung waren sie nicht mehr synchron.

Hat Bewegung Einfluss auf die Zeit?

Stimmt das?

Theoretisch existieren Vergangenheit, Gegenwart und Zukunft, existiert also dieser frühe Gründonnerstagabend hier in Wandas Twingo gleichzeitig mit der Nacht und der singenden Nachtigall dort vor Riekes Dienstzimmer 2. Alles gehört in ein System von Dauer, und nichts verschwindet.

Stimmt, behaupte ich mal in meinem jugendlichen Leichtsinn, der mich – Frau von Schrey also – seit mittlerweile fast achtzig Jahren begleitet. Marianne kann folglich sich jetzt erneut anschnallen und sagen, dass sie am liebsten Horrorfilme anschaut, vor allem nachts …

Marianne zog ihren Rock zwischen Hintern und Beifahrersitz glatt. Wanda sah sie von der Seite an. Die Frau war nicht ihr Typ, aber nett.

Wie war eigentlich dein Dienst?, fragte Marianne und schob den Beifahrersitz ein Stück nach hinten.

Okay, und deiner?

Sag mal, willst du das hier eigentlich noch lange machen, Wanda?

Wieso?

Ach, nur so, sagte Marianne und hob den Gurt über der gebügelten Bluse an. Eigentlich habe ich mich immer für eine leidenschaftliche Zuhörerin gehalten, trotzdem ist dieses Telefonieren mit Menschen, die immer traurig und immer unsichtbar sind, nie meins geworden.

Wieso eigentlich, fragte Wanda missmutiger als gewollt zurück, wieso sollte ich jetzt schon mit den Diensten bei unserem Sorgentelefon e. V. aufhören? Lange bin ich noch nicht dabei, und zwei Jahre Ausbildung, die mir vor allem freie Samstage weggefressen haben, gebe ich nicht einfach so den Hasen, Marianne. Da muss eine Menge passieren, damit das passiert.

Wanda drehte den Zündschlüssel im Schloss, den sie die ganze Zeit über festgehalten hatte. Genau!, wiederholte sie und behauptete mit diesem *Genau*, dass endlich klar sein sollte, was im Kern ungeklärt blieb.

Marianne lächelte und zog die Oberlippe hoch, sodass Wanda eine Reihe Zähne sehen konnte, alle vollzählig, alle da, als sei diese Frau mit einem Zahnarzt verheiratet. Wanda schaute in den Innenspiegel. Die Augen ihrer Mutter schauten zurück. Am 9. November 89 war diese Mutter mit Bierflasche in der einen Hand und Wanda an der anderen zum nächsten Grenzübergang gelaufen und hatte drei Wünsche gehabt: Ich will eine echte Jeans, ich will einen guten Zahnarzt, und ich will blonde Locken. Neun war Wanda damals gewesen und hatte sich nicht wie ein Kind, sondern wie ein lästiger kleiner Hund gefühlt, der an zu kurzer Leine nicht Schritt halten kann.

Wandas Wagen sprang an. Sie warf einen Blick in den Seitenspiegel.

Die Hungerkünstlerin hat übrigens wieder angerufen, sagte Marianne und öffnete das Beifahrerfenster.

Die Magersüchtige?

Ja, die einsame Magersüchtige. Wie groß ich bin und wie viel ich eigentlich wiege, hat sie mich gefragt, und im Hintergrund haben wieder diese Vögel gezwitschert, in einer Voliere, nehme ich mal an, sagte Marianne.

Ungebeten kam für Wanda in dem Moment die Erinnerung an ein ganz anderes Telefonat vor langer Zeit zurück. Sie hatte in einer ihrer ersten Nachtschichten mit einem jungen Mann gesprochen, der Tabletten nahm, während sie miteinander redeten. Sie dachte, er trinkt, deswegen schluckt er so laut, und deswegen wird seine Stimme immer undeutlicher. Dann blieben die Antworten ganz aus. Schlafen Sie gut, hatte sie nach langem Schweigen in den Hörer gesagt und wenige Herzschläge später aufgelegt. Aber er war nicht eingeschlafen. Dass er sich nur ein paar Straßenzüge weiter mit Tabletten in der Wohnung seiner Mutter umgebracht hatte, erfuhr Wanda in der Woche darauf, als eine Polizistin mit blondem Pferdeschwanz bis zum Steiß im Sekretariat von Sorgentelefon e. V. auftauchte und fragte, wer an jenem Abend Dienst gehabt hatte. Genau diese Nummer war die letzte gewesen, die der Tote angerufen hatte. Wirklich, hatte Wanda die Polizistin gefragt, ist das in Wirklichkeit so gewesen? Aber was bitte, so hatte sie wie zum Trotz weitergemacht, was bitte sollte das eigentlich sein, diese Wirklichkeit, von der sie im Fernsehen behaupteten, es gebe nach wissenschaftlichen Erkenntnissen nicht einmal die Farbe Lila oder den Geruch von Zimt oder den Klang von Bachs *Wohltemperiertem Klavier*, ja selbst Böse und Gut und auch Liebe gebe es nicht und wahrscheinlich auch nicht das, was man Zeit nennt. Ein wespenhaftes Gekicher war Wanda den Hals hochgestiegen. Die Frau in Uniform hatte die Beine breiter gestellt und gefragt, was los sei.

Was soll schon los sein in einer Wirklichkeit, die es nicht gibt, junge Frau, was soll an einem solchen Abend schon wirklich gewesen sein, als ich mit einem ahnungslosen *Schlafen Sie gut* den Kontakt abbrach, um danach gar nichts mehr zu vernehmen – nicht einmal das leise Knacken eines Zweigs, der meldete, dass soeben einer gestorben ist …

Hatte Wanda tatsächlich die Polizeibeamtin so ins Verhör genommen, oder hatte sie nur stumm vor sich hingedacht? Sie wusste es nicht mehr.

Wanda legte den Kopf in den Nacken und schaute durch die Frontscheibe nach dem Himmel, der ihr am Morgen so gut gefallen hatte. Hell war er gewesen, und Rauch hatte sich auf dem Dach gegenüber aus einem einzelnen Schornstein gewunden wie ein Gespenst, das sich im Schlangentanz versuchte.

Da, Wanda, sieh mal an. Marianne zeigte aus dem Beifahrerfenster. Lorentz hastete vorüber, ohne die beiden Frauen wahrzunehmen. Er war zu sehr mit seiner Armbanduhr und seiner nervösen Unpünktlichkeit beschäftigt, bevor er am Getränkemarkt vorbei durch das automatische Tor verschwand.

Da läuft er und kümmert sich eifrig nur um sich selbst, sagte Wanda und fuhr endlich los. Wieder zog Marianne am Sicherheitsgurt, um ihre gebügelte Bluse zu schonen. Dann griff sie zwischen den Sitzen nach einer Tüte Gummibärchen.

Übrigens, kaum noch Rote drin, sagte Wanda und schaute an Marianne vorbei aus dem Beifahrerfenster. Einer der beiden Gabelstapler, die regelmäßig zu zweit zwischen den Regalen des Getränkemarkts tanzten, nahm vor dem Laden eine Palette mit kleinen Bierfässern auf die Hörner.

Höchstens ein Viertel aller Bewerber ist ernst zu nehmen, hat der Ausbildungsleiter mit dem Perlenarmband an einem der ersten Wochenenden gesagt, die anderen sind im Grunde selber schutzbedürftig und könnten sich im Dienst gefährden, aus Hilflosigkeit. Selbstgefährdung aus Hilflosigkeit, hat er wiederholt und alle im Stuhlkreis der Reihe nach angeschaut. Nur mich und Lorentz nicht. Ich kannte solche Sätze bereits, denn ich habe vor einem Vierteljahrhundert die Ausbildung bei Sorgentelefon e. V. schon einmal gemacht und sie spät im Leben wiederholt, wie man ein Schuljahr wiederholt, das einem besonders gut gefallen hat. Vielleicht würde in diesem neuen Stuhlkreis ein Teil meines alten Lebens als jüngere Frau wiederaufleben, sagte ich mir bei der Anmeldung. Ich bin gern mit Jüngeren zusammen. In meinem Alter sind Vierzigjährige wie Wanda jung, Frauen wie Rieke sind Kinder und solche wie Marianne appetitlich im Vergleich zu mir. Außerdem, meine letzten fünfundzwanzig Jahre sind mir einfach zu unmerklich und zu schnell vergangen, sodass ich manchmal morgens das Gefühl habe, ich bin gar nicht dabei gewesen. Ich habe sie nur geträumt, und sie schulden mir noch die Wirklichkeit.

Wirklich? Ist das so? Ich könnte noch einen weiteren, etwas verschrobenen Grund angeben für meine freiwillige Ehrenrunde im Stuhlkreis: Ich liebe roten Tee und Schnittchen mit Gurkengarnitur, wie sie in diesen Jugendherbergen für Erwachsene mit dem Geruch nach evangelischem Kirchengemeindesaal serviert werden, wenn eine Weiterbildung außerhalb stattfindet. Ich liebe die Essensdurchreichen und die weißen Küchenfrauen mit Haarnetz dahinter, die immer kichern, wenn einer der wenigen Männer in so einer Gruppe ein Foto von ihnen macht. Bei Matthias jedenfalls haben sie vor der Kamera gekichert, bei Lorentz nicht. Aber der hatte auch nur sein Handy. Sein Fotografieren hatte etwas Unpassendes oder war einfach nur ungeschickt? Auf den ersten Blick ist er nämlich ein Angeber, doch auf den zweiten gibt er mit viel Getöse nur an, was ihm fehlt. Seit der Pensionierung steht er planlos vor seinen Stunden, Tagen, Wochen und Jahren, die für immer nun ohne Arbeit, also auch ohne Struktur sein werden. Deswegen hat er gleich am ersten Ausbildungssamstag, als alle Kräutertee oder Filterkaffee in der Pause tranken oder auf dem Balkon mit Blick auf den alten Friedhof rauchten, angestrengt Beziehungen herstellen wollen, die keiner wirklich wünschte. Nur Rieke, die jung und höflich ist, ging auf ihn ein, ohne darüber nachzudenken, dass Höflichkeit auch

Feigheit sein kann. Wo Rieke wohl ihre Männer findet? Sicher nicht in unserem vierzehntätigen Stuhlkreis, sondern eher auf Fischzügen durch Dating-Portale, in Clubs, an der Uni oder in ihrer christlichen Gemeinde. Und Lorentz? Für Escort-Service ist er zu geizig. Vielleicht stimmt auch, was er gern wiederholt: Ich brauche keine Frau, ich habe meine Bücher. Und die anderen? Emilia kriegt sicher fast immer, was sie will, fragt sich nur, für wie lange. Matthias kriegt ab und zu Emilia. Marianne, die Ende der Achtziger in höchster Not ihre Abscheu gegen verpisste Westberliner Telefonzellen überwunden und eines Nachts selbst aus so einer beim Sorgentelefon angerufen hat, um in der Hauptstadt der Selbstmörder von eigenen Selbsttötungsabsichten zu reden, fährt mit Freundinnen in Urlaub.

Und Wanda?

Und ich?

Wenn Lorentz Bücher ist, ist Emilia Duftkerze, und ich bin Klavier. Im *4. Klavierkonzert* von Beethoven übrigens klingt am Ende der letzte Ton, wie wenn ein Zweig bricht. Es ist ein eingestrichenes *g*, dieser letzte Ton. Schon als Kind schien er mir eine Öffnung zu meiner Seele zu sein. Zu meinem eingestrichenen Ich sozusagen. Eines Tages wird dieses *g* meinem Ich den Ausgang weisen, wird gedehnt sagen: *g*-eh!, denn hier kannst du raus, Seele. Wiedersehen und Tschüs!

Sorgentelefon e. V., guten Abend.

Hallo, ist da wer? Können Sie mir helfen?

Dafür sitze ich ja hier …

Lorentz sah auf die Zeitangabe in der unteren Bildschirmecke.

19.17 Uhr.

Marianne und Wanda hatte er soeben auf der Straße absichtlich übersehen. Mit Blick auf seine Armbanduhr war er an ihrem Auto einfach vorbeigetaucht. Wanda mochte er nicht, Marianne schon, wenn sie auch eine etwas steife, ältliche Puppe im immer gleichen blassblauen Kostüm war, und selbst wenn sie gerade kein blassblaues Kostüm trug, blieb dessen Enge ihr Panzer.

Hallo, rief der Mann im Hörer lauter als eben noch, ich rufe aus Greifswald an und werde von bösen Geistern angegriffen.

Und wie lange haben Sie schon dieses okkulte Problem?

Ok-kult, wiederholte der Mann aus Greifswald, hat das mit Blut im Stuhl zu tun?

Nein, mit verborgenen Kräften, die die Seele verdunkeln, sagte Lorentz. Haben Sie schon lange damit zu tun?

Schon immer, sagte der Mann aus Greifswald, mein Vater war bereits Satanist, und Sie haben wohl *Rosemaries Baby* nicht gesehen?

Spielt Ihr Vater in dem Film mit?

Quatsch, aber gehen Sie nie ins Kino?

Selten. Lorentz gähnte.

Müssen Sie ja auch nicht, sagte der Mann aus Greifswald, denn offenbar sind Sie abends immer früh müde. Wie alt sind Sie eigentlich?

Lorentz lachte leise.

Ach, ist auch egal, sagte der Mann, jedenfalls die Frau, die vor Ihnen und vor einer halben Stunde am Telefon war, die war wunderbar.

Lorentz klickte den Dienstplan an. Wanda war vor ihm eingetragen gewesen, aber gerochen hatte es im Raum nach Zitrone oder Verveine oder einfach nach Marianne, als er gekommen war.

Wenn Sie übrigens jetzt hier bei mir wären, sagte der Mann aus Greifswald, wäre das für jemanden wie Sie schon Kino genug. Ahnen Sie, wer gerade gekommen ist?

Nein, wer?

Eine Gestalt kann ich sehen, die soeben ins Zimmer geglitten ist.

Aus einer Lampe, Aladin aus der Wunderlampe?, fragte Lorentz.

Sehr witzig, das mit Aladin, aber mit diesem Kerl aus Arabien haben wir hier in Greifswald nichts zu schaffen. Die Gestalt in meinem Zimmer kommt aus meinem Fernseher, nicht aus einem islamischen Märchen.

Ist denn Ihr Fernseher an, fragte Lorentz und überhörte einfach, was in der Bezeichnung *islamisches Märchen* an alternativem Gedankengut für Deutschland so alles mitschwang.

Quatsch, nichts ist hier an, sagte der Mann, nicht mal die Heizung. Die hat die Hausverwaltung abgedreht, weil ich nicht bezahle.

Der Mann schwieg. Aber Schweigen, das kannte Lorentz schon, nicht nur aus Greifswald. Einmal hatte sein Vater ihn ein halbes Jahr lang angeschwiegen. Da war Lorentz dreizehn gewesen, jetzt war er sechsundsechzig, und sein Vater, den er am Ende nur noch im Takt der Jahrzehnte gesehen hatte, tot und längst gestorben an all den unterdrückten Flüchen, die er nicht geflucht, und all den verpassten Zigaretten, die er nicht geraucht hatte. Sonst wäre er nicht so bitter und eng geworden, da war sich Lorentz ganz sicher. Im Grab war der Vater am Ende wegen einer Blutvergiftung gelandet. Doch sobald ein Schweigen im Raum lastete, kehrte er von dort wieder zurück.

Wann hat eigentlich Ihre Kollegin den nächsten Dienst, fragte jetzt der Mann aus Greifswald.

Welche?

Die von eben.

Die Wunderbare?

Ja, die, die auch gern mal den Honecker gibt, wenn sie gute Laune hat. Ist die eigentlich aus dem Osten?

Das tut doch hier nichts zur Sache.

Mal unter uns, sagte der Mann aus Greifswald, ist sie hübsch?

Nein, nein gar nicht, dachte Lorentz so energisch, dass er es fast laut gesagt hätte.

Der VII. Parteitag der SED hat 1967 wegen der Einführung der Fünftagewoche zum Ausgleich fünf Feiertage streichen müssen, Genossin Marianne, sagte Wanda kurz vor halb acht und fuhr schneller als erlaubt mit ihrem roten Twingo auf eine grüne Ampel zu. An einem Gründonnerstag wie diesem muss ich Sie, Genossin, also ausdrücklich daran erinnern, dass der Karfreitag – morgen – nur knapp der Partei entkommen ist. An Sonnabend nach Ostern musste seit dem VII. Parteitag der SED die Arbeitszeit nachgeholt werden, die der freie Karfreitag zuvor gefressen hatte. So ging es an jenen Sonnabenden ab in die Schule. Da wurde für den Weltfrieden gelernt, wissen Sie das etwa nicht mehr, Genossin Marianne? Nein? Wir müssen also wieder mal ins Parteilehrjahr …

Marianne auf dem Beifahrersitz lachte, nicht wegen des Vortrags, sondern weil Wanda genau jenen hohen Singsang in Honeckers Stimme traf, der dem Osten zur Beschwörungsformel und dem Westen zum Soundtrack der DDR geworden war.

Wanda trat auf die Bremse, als die Ampel auf Rot sprang, und ließ das Seitenfenster herunter. Ein kleiner Mann in einem beigen, altmodischen Jackett ging dicht an der Kühlerhaube vorüber. Ein kleiner Mann aus einem Traum, der einfach abgerissen war. Ich spring hier rasch raus, sagte Marianne, danke fürs Mitnehmen. Auf ihren schönen Beinen, die jünger aussahen als der Rest Frau, lief sie zur U-Bahn, wobei sie das beige, altmodische Jackett überholte. Der kleine Mann darin drehte sich zu Wanda im Wagen um und lächelte, als wollte er noch etwas fragen: Erinnern Sie sich an mich?

Ja, so wie er hatten einmal viele ausgesehen, und einer hatte auch auf dem Gehsteig gegenüber gestanden, als Wandas Mutter in einer Frühjahrsnacht 89 die Stirn gegen einen öffentlichen Fernsprecher in Pankow lehnte und weinte. Nackt und ohne Häuschen drum herum hatte der graue Apparat in der Einfahrt zu einer Sauna gehangen. Die Erinnerungen an diese Umgebung hatten für Wanda keine Farbe, die Gesichter der Passanten keine Konturen. Die Mutter hatte in jener Nacht bei dem öffentlichen Fernsprecher ausgeharrt, bis kein Auto, keine Straßenbahn, keine Passanten, sondern nur noch knisternde Störgeräusche aus dem Hörer kamen, den sie an seiner Schnur hatte baumeln lassen, weil selbst das Freizeichen zu nichts führte. Egal, wie oft sie die Rufnummer für Lebensmüde in Berlin, Hauptstadt der DDR, wiederwählte, die Leitung blieb gestört. Die ganze Zeit über hatte ein kleiner Mann reglos im Schatten der Nacht auf der anderen Straßenseite mit ausgeharrt. Kurz vor sechs endlich meldete sich jemand: *Kirchliches Sorgentelefon, guten Morgen*. Die Stasi, die nachts die Leitung störte, wenn sie nicht gerade mithörte, musste sich zurückgezogen haben. Der kleine Mann aber stand noch immer auf der anderen Seite der Straße, während Wanda, damals zehn, im Nachthemd und mit angezogenen Knien unter dem öffentlichen Fernsprecher hockte und seit Stunden bereits auf die lackierten Fußnägel ihrer Mutter starrte. Alle vollzählig, alle da, und jeder Zeh für sich eine kleine Frau. Die ersten Werktätigen eilten mit dicken Augen und langen Gesichtern vorbei. Wären sie langsamer gegangen, sie hätten gehört, was Wanda hörte. Ist mir egal, sagte die Mutter, sollen ruhig alle alles mitbekommen, damit jeder weiß, wie es um mich steht, Herr Pastor. Die Katze und unser Onkel Venske sind abgehauen. Das Viech in die Freiheit und der Venske in den Westen – was soll ich jetzt tun, Herr Pastor? … Was? Sie sind gar kein Pastor? Was sind Sie denn? … Ach, Kfz-Mechaniker, und dann arbeiten Sie bei einem kirchlichen Sorgentelefon? Kennen Sie sich mit Sorgen denn genauso gut aus wie mit Autos? … Die blind geweinten Augen der Mutter hatten in dem Moment gelächelt. Sie war mit der Hand durch Wandas Haar gefahren. Wanda kannte das schon und übersetzte für sich die Geste, die eigentlich nicht ihr galt, so: Ich will jetzt einen Mann, mein Kind, so einen richtigen Mann, der mit großen Händen Autos reparieren oder meinen Apfelbaum hinter unserem Haus überreden kann, längs der Mauer im Spalier zu wachsen. Wanda hatte sich mit dem Rücken an der Hauswand hochgeschoben, während die Mutter noch immer telefonierte, leise lachte, flirtete. Ein Kindernachthemd überquerte die Fahrbahn. Das Mädchen dazu wollte sich den kleinen Mann da drüben genauer anschauen, der immer noch da stand, wenn auch längst nicht mehr im Schatten der Nacht. Ein neuer Tag färbte die Wolken über ihm silbern und leckte an seiner Bronze. Wanda stellte sich vor den kleinen Mann und suchte seinen Blick. Er schaut ohne einen Lidschlag zurück. Sie schob, wie er, den rechten vor den linken Fuß und suchte die gleiche Lässigkeit zwischen Standbein und Spielbein. Er war kaum größer gewesen als sie, trotz des Sockels, auf dem *Johannes R. Becher* gestanden hatte.

Die Ampel war mittlerweile auf Grün gesprungen und Marianne im U-Bahn-Eingang verschwunden. Hinter Wanda hupte es. Im Anfahren würgte sie den Wagen ab. Ein kleiner Mann war schuld, der durch die Zeit hinter ihr hergereist war.

Gar nicht, sagte Lorentz, nein, gar nicht!

Sie haben was gegen Ihre Kollegin, die vor Ihnen da war, hatte soeben der Mann am anderen Ende der Leitung gesagt, wahrscheinlich haben Sie sogar etwas gegen Frauen an sich!

Wieso klang diese Stimme nun so anders? Lorentz kam ein Verdacht. Wahrscheinlich war er, der über Erscheinungen aus rauchlosem Feuer in seinem unbeheizten Zimmer in Greifswald reden wollte, in Wirklichkeit eine Frau. Eine Frau mit einer Stimme, die das Leben tief und rau gemacht hatte.

Sie meinen, Ihre Kollegin sei nicht hübsch, sagte jetzt diese Stimme, aber Sie, wie sehen Sie eigentlich aus?

Lorentz war ein kleiner Mann mit der Vitalität und den O-Beinen eines ehemaligen Linksaußen. Für die B-Jugend hatte das damals gereicht. Mittlerweile war er nur er noch o-beinig, liebte nicht mehr den Fußball, sondern den Osten wie eine Kindheit, die er nicht gehabt hatte. Das allgegenwärtige Grau und die in sich selbst verkrochenen, verwahrlosten Häuser Richtung Polen, aus deren Fenstern einem wie Lorentz des Nachts ein existenzieller Ernst zu leuchten schien, passten gut zu seinen eigenen inneren Bildern von Heimat. Die waren zwar unscharf und kitschig, aber egal. Heimat war für ihn nicht da, wo er herkam, sondern da, wo er hinwollte.

Doch wohin jetzt noch mit einem Leben, in dem es schon ziemlich spät war?

Entschuldigung, sagte er in den Hörer, ich weiß nicht, wie ich genau aussehe, ich weiß es einfach nicht.

Haben Sie keine Frau?

Lorentz gab keine Antwort.

Machen Sie sich nichts draus, antwortete der Greifswalder, der vielleicht eine Greifswalderin war. Wenn Sie keine Frau haben, die Sie liebt, ist das so egal wie normal. Meine Gottesliebe bleibt auch unerwidert.

Lorentz lehnte sich auf dem Drehstuhl hinter dem Schreibtisch zurück und wippte mit der Lehne. So können Sie das aber nicht sagen, sagte er. Denn es ist etwas anderes, wenn ich keine Frau habe oder Sie keinen Gott.

Allein ist allein, sagte die Stimme aus Greifswald, wissen Sie doch, Sie sind doch auch allein.

Wer ist das nicht?

Was tun Sie dagegen?

Ich weiß mir zu helfen.

Glaub ich sofort!

Die Stimme am anderen Ende der Leitung lachte. Wollen Sie wissen, wie?, fragte sie fröhlich. So genau wissen wollte Lorentz das eigentlich nicht, aber spielte professionell und empathisch den Ball zurück. So hatte er es in der Ausbildung geübt.

Ja?, fragte er mild, mögen Sie erzählen?

Da kommen Sie nie drauf, sagte die Stimme aus Greifswald, ich gehe zur Tafel, um zu flirten.

In einem Ostseestrandkorb hatte Lorentz diese Frau kennengelernt, die einmal Nonne gewesen war. Bei einem späteren Treffen in den Dünen hatte sie Obstschnitze in einer Tupperdose mitgebracht, die sie ihm mit den Worten in den Mund schob: Schmecket und sehet, wie süß Gottes Wort ist. Gleich nach der Rückkehr nach Berlin verschenkte sie einen großen Teil ihrer Möbel im Netz, um Platz für Lorentz in ihrer Wohnung zu schaffen. Nein, hatte er bald gesagt, ich ziehe nicht zu dir. An einem Abend im März, der deutlich zu warm und zu trocken für die Jahreszeit war, aßen sie an ihrem langen Esstisch zum letzten Mal gemeinsam Pasta mit Fertig-Arrabiata. Über dem Schweigen zwischen ihnen hing ein Kronleuchter. Am Ende der Mahlzeit wischte sie sich den Mund mit einer gebügelten Stoffserviette ab. Danach wischte sie sich mit gleicher Serviette über die Augen. Du kannst mich nicht allein lassen, wenn du mich wirklich liebst, hatte sie in die Stille hinein gesagt. Statt zu antworten, betrachtete Lorentz den Dessertteller mit den geschälten Apfelschnitzen neben seinem Weinglas. Sie waren braun, die Bananenrädchen auch und die filetierte Orange wie unter durchsichtigem Klebstoff in ihrer eigenen dünnen Haut versiegelt. Totes Obst! Er blickte über den Tisch, stand auf und ging, bevor sie ihn fortschicken konnte. Wenige Minuten später schob er sein Rennrad durch leere Straßen. Nicht einmal Fledermäuse zerschnitten für ihn die Dunkelheit. Abrupt blieb er stehen. Die Frau, die er vor Kurzem noch in jedem windgeschützten Winkel der Ostseeküste geküsst hatte, lag nun – so nahm er an – ohne ihn, aber mit dicken Socken im Bett und merkte, dass ein guter Film am Fußende nichts half. Gar nichts. Sollte er sie anrufen? Warte Lorentz, warte noch, sagte er sich und schob sein Rad weiter. Eines Tages wirst du dich an diesen Abend gar nicht mehr erinnern können, und über der Gedächtnislücke wird nur noch ein Kronleuchter hängen, der auch bald verschwunden sein wird. Lorentz überquerte die Fahrbahn und sah auf seine Armbanduhr, wie so oft nicht wegen der Uhrzeit, sondern aus Ratlosigkeit. Es war kurz vor Mitternacht in einer Stadt, die eigentlich nie schlief. Doch ihn beschlich das Gefühl, in einer Geisterbahn zu sein, wo jeden Moment Spinnweben durch sein Gesicht streichen oder eine kalte Hand in seinen Nacken greifen mochte. Woher kamen diese Vorstellungen? Abgesehen von einem, in dem es um Sprechfunk mit Verstorbenen ging, standen zu Hause in seinem Regal nur vernünftige Bücher. An falscher Lektüre konnte der Spuk in seinem Kopf also nicht liegen. Lorentz bückte sich über den Lenker seines Rads und griff nach dem Vorderreifen, um etwas Praktisches zu tun. Nur ein einzelnes Auto summte in seinem Rücken vorüber. Später kam er an einen Spielplatz, dessen metallenes Eingangstor mit einem schwarz-gelben Band abgesperrt war. Er blieb stehen. Auf einer Schaukel saß ein Mann. Offenbar gehörte er zu dem silbergrauen Volvo-Kombi am Straßenrand, dem alle vier Türen und auch die Heckklappe offen standen. Musik drang aus dem Innern des Wagens. Lorentz' Helm schaukelte am Lenker seines Rennrads, dann hing er still. Mann, Mann, noch nie hatte er einen so traurigen Mann gesehen, der für solche Momente gleich auch die richtige Musik dabeihatte. Sie gehen jetzt besser mal nach Hause, damit Sie morgen wiederkommen können, hätte er gern gesagt, denn wenn Sie nicht nach Hause gehen, können Sie ja nicht wiederkommen. Aber er ließ es, als er sah, dass der Mann sich eine Zigarette anzündete und sein Rauchen aussah wie Weinen.

Es war schon spät. Zu spät für vieles. Noch später, als Lorentz in die Allee einbogen war, in der er wohnte, hatte er noch immer sein Rad geschoben.

Der Mensch aus Greifswald, der zur Tafel ging, um zu flirten, hatte soeben aufgelegt. Das Gespräch war am Ende einfach versickert, als weder die Sache mit Gott noch die mit den Frauen zu klären gewesen war. Lorentz trug die Daten für die Statistik ein: *Leitung 2 / Erstanruf / keine Namensnennung / vermutlich allein lebend / erwerbsunfähig /Alter 50 – 59 / nicht suizidal / Niedergeschlagenheit / Verwirrtheitszustände / Einsamkeit / Armut.* Nach einigem Zögern klickte er auch die Stichwörter *Sinn, Glauben, Werte* an, bevor er auf *Erfassen* drückte. Doch was eigentlich hatte er erfasst? Mit dem Gefühl, das Wichtigste vergessen zu haben, ging er in die Küche und öffnete den Kühlschrank. Das kannte er, auch wenn er vergessen hatte, woher genau. Ein Teller mit geschnittenem Obst unter Klarsichtfolie, das seine beste Zeit hinter sich hatte, stand im mittleren Fach. Apfelschnitze, Bananenrädchen, Orangenstücke. Genauso war es schon einmal gewesen. Das Obst hier hatte er schon mal gesehen, schon einmal erlebt und auch den Gedanken dazu, dass er genau diesen Gedanken schon einmal gehabt hatte und dass das alles eigentlich keine Erinnerung war und auch keine Erinnerung an eine frühere Erinnerung. Nein, das war kein Déjà-vu, sondern das war, was es war. Sein Leben. Lorentz drückte die Kühlschranktür wieder zu. Aus einem Schälchen auf dem Küchentisch nahm er eine Handvoll Erdnüsse. Gegen elf würde Rieke kommen, hatte er im Dienstplan gesehen. War die eigentlich hübsch? Dass sie gefiel – ihm wenigstens –, machte sie hübsch. Reichte das als Grund, im Bad eine Einmalzahnbürste aus der Folie zu reißen und die Nacht auf dem schmalen Bett im Zimmer des Dienststellenleiters zu verbringen, während Rieke bis drei Uhr in der Frühe nebenan in Zimmer 2 telefonierte?

Was dann?

Nichts dann!

Nach ihrer Schicht würden die zwei Neonröhren im Flur noch brennen, aber Riekes eilige Schritte auf der Treppe nach unten rasch leiser werden. Nein, Lorentz würde nicht hier übernachten. Er hatte noch nie hier übernachtet. Zu viel fremder Kummer trieb sich zwischen Fenster, Wand und vergilbter Decke herum. Er leckte über seine Handfläche. Sie schmeckte salzig, und er griff zum zweiten Mal nach den Erdnüssen auf dem Küchentisch, bevor er zurück an seinen Schreibtisch ging, wo er die Vase mit den Schnittblumen in eine andere Ecke schob, als könnte er so besser aus dem Fenster schauen. Er wartete, doch nicht unbedingt auf den nächsten Anruf. Im Vorderhaus, zweiter Stock gegenüber, stand – jünger und größer als er – ein Mann in der Küche am Kühlschrank und lehnte die Stirn gegen den Unterarm und den Unterarm gegen den Rahmen der geöffneten Tür. Kalt lag das Licht der Innenbeleuchtung auf seinem Gesicht.

Rieke war kurz nach elf erst gekommen. Für einen Moment roch es nach Lavendel im Flur, als sie ihre blaue Arbeitsjacke auszog. Ist von meiner Mutter, hatte sie gesagt, während Lorentz seinen Fahrradhelm unter dem Kinn festzurrte. Sie warf die Jacke auf das schmale Bett in Dienstzimmer 2 und lächelte. Übrigens, ich habe unten vor dem Getränkemarkt einen Fuchs gesehen, Kollege. Er hat die Straße unter der Hochbahn Richtung Tankstelle überquert.

Und du, was hast du gemacht? Lorentz ruckelte seinen Helm zurecht.

Ich habe ihm nachgesehen.

Ein Fuchs, Rieke, nimm dich in Acht!

Ich bin doch keine Gans.

Leg trotzdem die Kette vor, sobald du allein bist.

Lorentz hatte die Etagentür aufgezogen. Kurz bevor sie hinter ihm wieder ins Schloss fiel, hörte er Rieke noch etwas sagen: Jawohl, Omma.

Hatte sie Omma gesagt?!

Er nickte, während er sein Rad nach unten trug. Ja, es war einfach besser, sich im Alter rechtzeitig zu verabschieden. Doch noch war er nicht so weit, ständig zu verkünden, dass er nun alt werde, als könne er die Erleichterung nicht abwarten, die mit einer solchen Bankrotterklärung einherging. Trotzdem, es war besser, sich erst einmal von sich selbst zu verabschieden, bevor andere es vor ihm taten.

Das Papier war holzig, der Umschlag DIN A4 und russisch beschriftet: *Kandidatenliste für eine Parteimitgliedschaft der primären KPdSU-Parteiorganisation.* Unter den kyrillischen Buchstaben liefen dünne Schreiblinien parallel, zwischen denen die ursprünglichen Besitzer solcher rosa Hefte den Decknamen ihrer Militäreinheit eingetragen haben mochten. *Sorgentelefon* hatte Rieke fett mit Filzstift dorthin geschrieben, nachdem Wanda ihr das rosa Heft zu Weihnachten geschenkt und gesagt hatte: Ist bei uns im Depot in der Abteilung *Entsammelte Dinge* gelandet.

Was heißt das?

Entspricht nicht den Sammlungskriterien, gibt einfach zu viele davon, kleine Rieke, und wir bewahren nur einige auf, um den Massencharakter zu dokumentieren.

Und *entsammelt* heißt?

Kann weg, darf aber aus ethischen Gründen nicht weggeworfen werden.

Das ist also ein Geschenk mit historischem Auftrag?

Genau.

Puhhhh! Rieke hatte sich mit dem Heft Luft zugefächert und dabei den Geruch von Zitronenschalen und frischer Milch in der Nase gehabt, obwohl die Seiten aus holzigem Papier waren. Der Geruch von Wanda eben, die eines Tages sicher eine neue Frau finden und mit der aus Berlin fortgehen würde. Um jetzt noch Surflehrerin zu werden oder Meeresbiologie zu studieren, dafür mochte es zu spät sein. Doch Fremdenführerin für Wattenmeere blieb als Möglichkeit. Aber das wäre nur Wandas zweite Wahl. Ihre erste – hatte sie Rieke anvertraut – blieb die Verwirklichung eines alten Ausstellungskonzepts, am besten gleich zusammen mit der neuen Frau.

Wenn das klappt, kleine Rieke, werden nach meinem Drehbuch in Parks alter Landschlösser lauter entsammelte Dinge in Glasvitrinen hocken, sagte Wanda.

Was für Dinge?

Plastikfrösche, Zigarettenetuis, Spieleisenbahnwaggons, Kinokarten, Aschenbecher, ja, vor allem Aschenbecher, kleine Rieke, denn wenn die reden könnten …

Was wäre dann?

Dann, sagte Wanda, wären wir schlauer in Sachen kriminelle Geschäftsabschlüsse, Parteitreffen hinter verschlossenen Türen, verrauchte Pokerrunden zwischen russischen und iranischen Agenten und Liebesaffären im Dienst der Spionage. Die Stimme der Dinge aus dem Lärm der Welt herauszuhören und ihre Unbedingtheit zu vernehmen, dafür braucht es feine Ohren, kleine Rieke. Stell dir mal vor, was so ein Aschenbecher alles mithört, sobald zwei Menschen einander vielleicht feierlich, vielleicht ungeschickt, routiniert oder hastig ausgezogen haben. Zwanzig Minuten später, wenn sie nackt und rauchend nebeneinanderliegen, einer mit genau so einem Ding aus kühlem Metall auf dem Bauch, dann hört genau dieser Aschenbecher mehr, als jedes Aufnahmegerät unter dem Bett aufzeichnen könnte.

23.15 Uhr. Gründonnerstag, Dienstzimmer 2

Rieke schlug das rosa Heft auf. In der Kandidatenliste für eine KPdSU, die es nicht mehr gab, sammelte sie seit Weihnachten knappe Details derer, die bei ihr angerufen hatten. Sie blätterte. Der erste

Eintrag war vom 13. Januar: *Wendeverliererin* stand da unterstrichen. Rieke hielt das Stichwort unter ihrem Zeigefinger fest und erinnerte sich. Sie müsse mit allem allein fertigwerden, hatte die Frau aus Rostock gesagt, und Menschen, die ihr einmal guttaten, habe sie mit der Wende verloren. Also bin auch ich eine sogenannte Wendeverliererin, sagte sie, und noch etwas Schlimmes kommt dazu: Mein Mann und ich sind kein Liebespaar mehr. Er hat neuerdings eine andere Kumpeline mit mehr Oberweite als ich, und jeder trauert für sich allein, auch wenn das gemeinsame Gartenhaus abbrennt. Kann man eigentlich die Liebe, die man verlernt hat, wieder erlernen?, hatte die Frau aus Rostock kleinlaut gefragt, und Rieke darauf, ja, aber ja kann man das. Glauben Sie mir! Das geht, wenn einer den anderen in Liebe erträgt.

Das war geklaut gewesen, war ein Paulus-Zitat aus einem Brief an die Epheser.

Die Stotterin stand unterstrichen und als Folgenotiz unter der Wendeverliererin. Eine Kulturmanagerin mit Burn-out war in ein Sinnloch gefallen und hatte wieder mit dem Stottern angefangen, so wie kleine Kinder, die zu oft fallen, wieder mit dem Krabbeln anfangen. Während eines Praktikums als Friedhofsgärtnerin war auf stillen Pfaden zwischen den Gräbern das Stottern wieder verschwunden – wie eine Faust, wenn die Hand sich öffnet. Sollte ich vielleicht umschulen, hatte die Frau sie gefragt, sollte ich Friedhofsgärtnerin werden?

Was sagt Ihre innere Stimme?, hatte Rieke zurückgefragt.

Sie blätterte weiter in den Notizen zu einer Nachtschicht Ende Februar:

- Mann aus Marzahn: Früher habe ich auf den Trabi gewartet, jetzt auf den Tod
- Die Misstrauische: … bin ich denn schizophren, nur weil ich misstrauisch bin

- Dichterin: Allein geht man schnell, junge Frau, zu zweit geht man weit
- Die mit dem Krebs im Knie
- Die mit der Mutti

Anfang März hatte sie in einer einzigen Schicht neun Anrufe notiert:
- Die depressive Epileptikerin (Trotzdem hat sie sich ein Auto gekauft!)
- Die mit der Mutti
- Angela (49), die ihren Personal Trainer (22) aus dem Frauensportstudio flachlegen will
- Der aus Spandau, der ein Vaterunser am Telefon beten will
- Die mit der Mutti, die immer das Gleiche will
- Die Tourettine (Lassen Sie sich doch kastrieren, Sie blöde Kuh, was machen Sie eigentlich bei einem Sorgentelefon!)
- Aufgelegt
- Aufgelegt
- Die mit der Mutti

Eine neue, noch leere Seite schlug Rieke jetzt in ihrem rosa Heft auf. Ob heute wieder die mit der Mutti sich melden würde? Das Telefon klingelte, und Rieke sagte in dieser Nacht von Gründonnerstag auf Karfreitag, nein, Sie stören nicht, gar nicht, dafür sitze ich ja hier. Mögen Sie nicht einfach erzählen, was los ist?

Sie sind sehr freundlich, danke, sagte der Anrufer.

Nicht dafür.

Es ist ganz schwer auszusprechen. Ihre Kollegen haben gesagt, ich soll anrufen, wenn es wieder losgeht.

Was geht los?

Ich bin pädophil.

Pädophil schrieb sie in Großbuchstaben auf die noch leere Seite ihres rosa Hefts. Ganz still war es plötzlich an beiden Enden der Leitung. Es war eine Stille, die sie hören konnte, bis sie glaubte, draußen auf dem Flur ein Geräusch wahrgenommen zu haben. Sie dachte an den Fuchs und an die Kette, die sie nicht vorgelegt hatte, aber vergaß beides gleich wieder. Vor dem Fenster sang eine Nachtigall, und sie sang noch immer, als Rieke keine zehn Minuten später auflegte. Dreieinhalb Stunden Dienst lagen da noch vor ihr, bis sie zwei Stufen auf einmal nehmend die Treppe hinunterspringen und kurz darauf die schmuddelige Sitzgarnitur auf einem der vier Parkplätze im Hinterhof in der Eile übersehen würde. Ja, so wird es dann gewesen sein: Zeit vergeht oder vergeht nicht, doch der Nachtbus kommt bald, und beleuchtet vom Streulicht einer hässlichen Deckenlampe steht mit hängenden Armen Arian zu lange schon in seinem Kapuzenshirt beim Kühlschrank und schaut zu ihr herüber.

Er winkt?

Nein, er winkt nicht. Er ist einfach nur, wie sie, maßlosnachtigallenallein.

Ein großes Tor mit Durchfahrt, ein Hinterhof, vier Parkplätze und an deren Ende eine kleine Tür zum Hinterhaus und zur Einrichtung selbst. Ich schließe mit einem eigenen Schlüssel auf, den mir der Dienststellenleiter vor langer Zeit in die Hand gedrückt hat: Für dich, von Schrey, und bloß nicht verlieren! Das enge Treppenhaus ohne Aufzug führt in den zweiten Stock zu einer Etagentür, hinter deren gläsernem Oberlicht meist zwei Neonröhren brennen. Nein, nicht wegen der Füchse! Man sagt, wegen der Einbrecher. Man sagt, wegen der Kolleginnen, die sich nachts fürchten. Nach Norden liegen das Büro des Dienststellenleiters sowie Dienstzimmer 1 und 2 für die Ehrenamtlichen. Zwei Telefone und ein Bildschirm stehen jeweils auf den Schreibtischen und manchmal auch Vasen mit mal frischen, mal ältlichen Blumen. Was man vom Schreibtisch aus sieht, sieht man in vielen Berliner Hinterhöfen. Alte Doppelkastenfenster und enge Balkone, die wie Nester aus Stein an den Hauswänden kleben. Nach Süden liegen das Sekretariat, das Bad und die Küche, mit ihrem eigenen Nest aus Stein, das auf einen alten Friedhof schaut, über dem nachts und in meiner Fantasie mal luftig ein Zirkuszelt schwebt, mal traurig ein Motel mitten aus einer amerikanischen Einsamkeit aufsteigt. Doch meine Lieblings-Fata-Morgana bleibt ein riesiger fliegender Teppich, maschentausendabertausendweit, dem die Gräber und Grabsteine ein Muster geben. Dazwischen darf getanzt werden, egal, ob im Rahmen eines Gottesdiensts oder einer heiligen Orgie. Wenigstens wenn es nach mir geht.

Wer geht mit?

Wer mag mir folgen, wenn meine Geschichte mit bereits bekannten Momenten noch einmal eingesetzt hat? Denn Erzählen ist ein Labyrinth. Immer wieder kommt man – auf der Suche nach einem guten Ausgang – an Stellen vorbei, die einem bekannt vorkommen, aber doch noch kein Ausgang sind.

KARFREITAG

Als Matthias in seiner leeren Wohnung aufwachte, drehte er sich noch einmal zur Wand, um vom Schlafsack aus die Raufasertapete anzustarren. Ach Emilia! Die Flasche Bier, die er gegen vier getrunken hatte, stand leer neben der halb vollen Tasse Tee von drei Uhr. Eines Tages hatte Emilia mit herzlosen Augen und ohne Angabe eines Grundes den Kontakt zu ihm abgebrochen. Kurz darauf fehlte sie auch beim Beauftragungsgottesdienst in Cottbus und hatte sich erst Wochen später wieder für Dienste eingetragen. Täglich sprach Matthias auf ihre Mailbox.

Hallo, Emilia, ich habe gerade an dich gedacht, denkst du auch manchmal an mich?

Emilia, stell dir vor, aus Versehen habe ich mich heute auf der Straße bei einer Frau untergehakt, weil ich dachte, du bist das. Sie hat ziemlich erfreut zurückgeschaut, und ich habe nicht gleich meinen Arm zurückgezogen …

Sag mal, vielleicht liebst du nur mich nicht – oder liebst du nur dich …?

Denkst du wenigstens manchmal an mich, während du mich betrügst, Emilia?!! Ich weiß, du hast auch noch andere Freunde, falsche Freunde, Emilia, aber das haben du und ich gemeinsam …

Hallo, warum bist du eigentlich so stumm – etwa, weil meine Knie so hässlich sind?

Nie hatte sie reagiert. Eines Abends schwieg Matthias auf ihre Mailbox. Dass er ab und zu einen Schluck aus seiner Bierflasche nahm, machte so gut wie kein Geräusch. Eine knappe Stunde später war sie bei seiner Hausmeisterwohnung aufgetaucht und blieb bis zum Morgen. Ein Nachtleben, von dem er gar nichts wissen wollte, hatte ihre Stimme noch rauer gemacht.

Ach, mein Matthias! Ich dachte, du bringst dich um, ich dachte, du schluckst Tabletten, und ich höre dir dabei einfach nur zu, hatte sie am Morgen gesagt und einem halben Lächeln die andere Hälfte nicht hinzugefügt.

Matthias starrte noch immer auf die Raufasertapete wie einer, der ohne Lidschlag in die Sonne schaut. Gestern, also Gründonnerstag, war sie nicht über Nacht geblieben. Was sie wohl fand an Männern wie ihm, die nicht mehr jung und deren Knie nicht nur von der Arbeit, sondern auch vom Fußball ramponiert waren? Dass er nicht mehr richtig weglaufen konnte, war es nur das?

Matthias stand auf und ging mit Waschbeutel zum Klo. Ein Bad mit Tageslicht, hatte die Maklerin gestern ausdrücklich gesagt. Er legte den Beutel auf die Spiegelablage und lächelte. Im Spiegel lächelte ein James Bond für Emilia zurück. Mit seinem Hausmeisterblick sah er sich dann die Details in seinem Tageslichtbad zum ersten Mal genauer an. Alles Pfusch, billig und lieblos. Die, die hier eilig renoviert hatten, hatten am Ende eine halbe Rolle Klopapier und ein ausgefranstes Streifenhandtuch mit Löchern vergessen, so eins, wie es schon neben der grünen Handwaschpaste in Matthias' Autowerkstatt gehangen hatte, in der er mit fünfzehn seine Lehre machte. Ein zweites, ebenso fadenscheiniges hatte später in seinem Hausmeisterkeller herumgelegen, in dem er zwar nicht aufrecht stehen, aber bequem rauchen und Fotos entwickeln konnte, während das Radio spielte. Der Keller hatte zum Stadthaus Hugo gehört, wo er bei der Eigentümergemeinschaft als Mann für alles angestellt gewesen war. Jedes unschuldig verirrte Herbstblatt im Marmor-Entree meldeten die Hugos als Vandalismus, und jedes Lebenszeichen aus der Nachbarschaft als ruhestörenden Lärm, weswegen sie Matthias die Polizei rufen ließen, auch wenn einer wie er gar nicht gern die Polizei rief. Schließlich hatte er schon mal im Knast gesessen, war also aktenkundig. In einem winzigen Appartement unter der Treppe lebte er mietfrei. Die Eigentümer, die sonst im Haus wohnten, waren einmal wichtig gewesen. Jetzt waren sie nur noch reich, alt und einsam. Einsam war der Hausmeister Matthias auch. Vielleicht suchte er deshalb wegen jeder Kleinigkeit gern den Baumarkt auf, so wie andere den Arzt. Dort traf er seinesgleichen, auch wenn man einander nicht kannte. Matthias mochte es, wenn jenseits der automatischen Glastür, wo Autos und Hunde auf ihre Besitzer warteten, die Parkplatzleuchten in der Dämmerung aufflammten und er ausgerechnet dann in der langsamsten Kassenschlange wartete. Manchmal stand er nur mit einem einzelnen Bohreraufsatz, einem Pack Dübel oder zwei Mausefallen im Korb zwischen Fremden, deren Anwesenheit ihn wärmte.

An einem Samstagabend Anfang April wartete in der Schlange ein Mädchen hinter ihm. Sie lernte ein Gedicht, und das war hier im Baumarkt sicher noch nie geschehen. *Wer jetzt kein Haus hat, baut sich keines mehr/Wer jetzt allein ist, wird es lange bleiben/ wird wachen, lesen, lange Briefe schreiben, … wenn die Blätter treiben?* Zu Hause gab Matthias die Zeile *Wer jetzt allein ist* im Netz ein, auch wenn sie ihm ein wenig welk vorkam. Er fand den Namen eines Dichters heraus, den er nicht kannte, aber sich merkte. Kurz nach dieser Baumarktbekanntschaft namens Rainer Maria Rilke kündigte die Eigentümergemeinschaft seine Hausmeisterstelle. Sollte er sich einen Reim darauf machen? Ihm war schon Schlimmeres passiert.

Matthias nahm in seinem Tageslichtbad eine eingeschweißte Zahnbürste aus dem Waschbeutel, die er aus dem Bad des Sorgentelefons hatte mitgehen lassen. Ein Bagatelldelikt. Er hatte schon Schlimmeres gemacht.

Geleistete Dienste im vergangenen Jahr	15
Nachtdienste in der Zeit von 23.00 bis 3.00	7
In der Zeit von 3.00 bis 7.00 Uhr	keine
Teilnahme an Supervisionsgruppe	1 von 8
Teilnahme an Fortbildungen	keine
Kollegiale Hospitanzen	keine

Karfreitag. Der Morgen in den Straßen Berlins trug einen dünnen grauen Mantel, während die Sonne im Osten über die Hausdächer zu klettern versuchte. Es herrschte kaum Verkehr, auch nicht vor dem Getränkemarkt, in dem sich soeben das blaue Notlicht abgeschaltet hatte. Da stand Marianne. Die breite Straße – noch still wie in der Nacht zuvor – führte nach Westen ins Zentrum, und nach Osten verlor sie sich irgendwann in einer Landschaft mit Birken und Kiefern, Marktwegen, rübenkrautfarbenen Feldern und vielen Seen. Auf dem Mittelstreifen unter der Hochbahn schaute eine Mutter mit einem weinenden Kind an der Hand zu Marianne herüber. Marianne schaute zurück und wünschte sich in dem Moment etwas. Nein, kein Kind mehr. Eher einen Mann, eine Pfanne voll Bratkartoffeln, eine gute Rente oder mehr Voraussicht in einem Leben, von dem sie bislang nicht das Gefühl hatte, es sei ihres geworden.

Sie kehrte Frau und Kind den Rücken und steckte ihren Dienstschlüssel ins Schloss des großen Tors. Tagsüber machte es sich weniger schwer als nachts, wenn man es aufstieß. In der Durchfahrt hing bei den Briefkästen ein Zettel:

Wellensittich entflogen. Farbe egal.

Während sie durch den Hof lief, zog sie aus der spärlichen Anzahl ihrer Dienste im Vorjahr eine Konsequenz. Ab jetzt würde sie monatlich mindestens zwei Schichten ab 23.00 Uhr machen, egal, ob die Finsternis ihr auf dem Heimweg alle möglichen Angstszenarien diktierte, an deren Ende sie immer an einem Waldrand lag und starb. Im Herbst auf Laub, im Sommer auf zerdrücktem Farn, im Winter wurde ihre Leiche zum gefrorenen Schatten. Marianne, eine schmale, hohe, schutzlose Gestalt mit Handtasche, hastete weiter durch den Hinterhof. Wer nicht genau hinsah, konnte denken, sie hinkt. Aber das war es nicht. Sie war einfach nur ernst. Als sie den Schlüssel für die kleine Hinterhaustür aus der Handtasche geholt hatte, drehte sie den Kopf, schaute an der Rückfront des Vorderhauses hoch und kniff die Augen zusammen. Der hohe Kühlschrank stand seit Anfang des Jahres dort in einem Küchenfenster des zweiten Stocks. Eine Person mit einem Gesicht, das mädchenhaft zu glühen schien, lehnte mit der Schulter dagegen.

Meistens ist es so, dass man nicht weiß, wann man jemanden zum letzten Mal sieht, sagte sich Rieke, als sie im zweiten Stock von Arians Fenster zurücktrat. Sie zog mit dem nackten Fuß einen Hocker zu sich heran, setzte sich und lehnte jetzt den Rücken gegen den Kühlschrank. Sein Brummen rieb sich zwischen ihren Schulterblättern. Sie hätte Marianne winken sollen, als sie soeben da unten im Hof gestanden und zu ihr so hochgeschaut hatte, als würde sie sie gar nicht sehen. Doch mit dem Winken war das so eine Sache. Seit dem Tod von Nachbar Horst vermutete Rieke bei jedem harmlosen Winken, es könnte tödlich ausgehen. So war es jedenfalls mit Nachbar Horst im vergangenen Winter gewesen. Auf bald, hatte er mit Tüte im Arm vor dem Gemüsegeschäft gerufen. Sie hatte die Hand gehoben, und er winkte zurück. Das Licht war hell, die Luft weihnachtlich. Horst war ihr Lieblingsnachbar in dieser Trabantenstadt am Rand von Berlin gewesen, bevor er an diesem Wintermorgen in einem Durchgang zum nächsten Block für immer verschwand. Am frühen Abend bereits flog seine Seele im 13. Stock Richtung Zimmerdecke, fand ein geöffnetes Fenster und war fort und hin zu einem Ort aus ewiger Kälte. So wenigstens stellte Rieke sich das

Jenseits vor, obwohl sie Theologie studierte. Die Gemüsetüte aus Horsts Kühlschrank war tags drauf in Riekes gelandet. Eine Nachbarin hatte sie vorbeigebracht. Horsts Vermächtnis, sagte Rieke sich. Seitdem fühlte sie sich von Horst gegrüßt, sobald sie Gemüse in Kühlschränken liegen sah. Auch hier hatte soeben Horst aus Arians geöffnetem Kühlschrank gewinkt, als halbierte Aubergine.

Ach, wisch ab den Tisch, dachte Rieke jetzt und sah sich in der fremden Küche um. Willst du Frühstück?, rief es aus dem Zimmer nebenan. Was würde nach den letzten Stunden ohne Schlaf zu einem solchen Frühstück dazugehören? Sesamkringel vielleicht, wie sie sie zum ersten Mal auf einer Städtereise nach Istanbul auf einer engen, steilen Pflasterstraße über dem Bosporus gekauft hatte? Ihre Mutter und sie hatten sich dort zwischen Läden mit hübschem Tand für Touristen gegen den Wind gestemmt. An einem Bücherladen waren sie vorbeigekommen, in dem eine Frau mit Kopftuch von einem *Reiseführer Berlin* aufgeschaut und gelächelt hatte, und zwar so, dass Rieke dieses Lächeln als das einer ganzen Stadt in die Hotelnacht mit hineinnahm, in der sie von Möwen träumte, die sich auf moosüberzogenen, verrosteten Pontons am winterlichen Bosporus plusterten. Vielleicht gehörte zu Arians Frühstück auch ein türkischer Mokka. Aus dem Kaffeesatz am Boden der Tasse würde sie das Ergebnis der letzten Nacht lesen können: Ihr werdet euch ineinander verlieben!

Was für ein Kitsch, würde Arian sagen.

Er war drei Jahre jünger als sie und wollte Informatiker werden.

Hast du eigentlich eine Freundin?, hatte sie ihn letzte Nacht gefragt, und er darauf: Ich habe nicht verstanden.

Dieses *Ich habe nicht verstanden* klang wie von einer automatisierten Servicestimme:

Haben Sie Fragen zu Ihrer Zukunft, drücken Sie die Eins.

Wollen Sie Ihre Gefühle zurückerstattet bekommen, drücken Sie die Zwei.

Für alle anderen kindischen Anliegen drücken Sie die Drei.

Wenn Sie gar nicht wissen, was Sie wollen, bleiben Sie bitte in der Leitung.

Was hast du nicht verstanden, Arian?, hatte Rieke nachgefragt. In ihrem Kopf oder dem Herzen waren in dem Moment knisternde Störgeräusche zu hören gewesen. Als er wieder nichts Genaueres antwortete, dachte sie, ob er wohl den Bart trägt, weil das jetzt Mode ist oder weil er wenigstens halb Muslim ist – falls das überhaupt geht, nur halb Muslim zu sein.

Arian hatte Locken.

Seine Großeltern waren noch in Syrien.

Wo eigentlich gehörte sie hin?

Genauer, wo waren eigentlich die Vögel, nachts? Manche saßen in der Dunkelheit vielleicht einfach nur da, um irgendwann doch aufzufliegen und lautlos, leicht und verwirrt im gelbgrauen Nachthimmel über einer großen Stadt zu verschwinden. Plötzlich waren sie dann weg und kamen auch nicht zurück.

Rieke sah aus Arians Küchenfenster zum Hinterhaus hinüber. Aus dieser Perspektive hat sie die Fenster von Dienstzimmer 1 und 2 noch nie gesehen. Im Büro des Leiters waren die Vorhänge vorgezogen. Schlief da jemand? Nach ihr war doch keiner gekommen, oder doch? Heimlich? War das dieses Fuchsgeräusch im Flur gewesen, während sie telefoniert hatte? Hatte nach ihr noch jemand einen fast vollen Mond in der Lücke zwischen Vorderhaus und Vorderhaus gesehen, wie er sich dort entlangschob, in der langsamen Geschwindigkeit der Erde? Rieke stand vom Hocker auf und griff nach ihrer blauen Arbeitsjacke, die wie ein vergessener Putzlumpen vor Arians Kühlschrank lag.

Wohin willst du?

Er lehnte in der Tür. Die Küche roch plötzlich nach Duschzeug. Er lehnte da, die Hände in den Taschen seiner Jeans vergraben, so wie Männer, die nicht wissen, wohin mit sich, während sie sich gleichzeitig ein Leben ohne große Pausen wünschen. Egal, wo ihre Großeltern wohnten. Egal, ob sie Richard Gere gut finden oder Billie Eilish oder einen Gedichtband von Mahshid Amirshahi.

Wohin?

Weg.

Wo ist weg?

Sie zeigte zur Etagentür.

Das kannst du nicht machen.

Doch.

Nein.

Doch, sagte Rieke, ich kann machen, was ich will.

Hast du etwa schon wieder Dienst gemacht, Kollegin?

Wieso?

Du bist so oft nachts hier.

Zu oft?

Ich weiß nicht.

Sie musterte mich und mein langes, graues Haar. Offen fiel es auf die Schultern. Mit dem Alter kommt wenig mehr als das Alter. Ich wusste genau, wie ich aussah in meinem flauschigen Schlafshirt. Auf dem Rücken stand verwaschen die Nummer 11. Ich bin fast achtzig und eigentlich zu alt für die Rückennummer eines Linksaußen. Ich bin für vieles zu alt und leide zudem an Schlaflosigkeit. Sie krümmt die Gestalt, macht das Haar dünn, die Nase lang, die Gesten vage und verwischt die ursprüngliche Zeichnung dessen, was so ein *Ich* einmal war. Abends einzuschlafen kann bedeuten, dass man morgens nicht mehr aufwacht. Schlaflosigkeit und Alter gehören bei mir zusammen wie Hefe und Teig, und in solchen Nächten hilft mir nur das Klavier. Leise berühre ich dann die Tasten, bis ich irgendwann weder Ton und noch Nachbarn mehr fürchte. Dann gebe ich mich ganz der Intuition meiner rechten Hand hin, die zwischen Drei- und Fünftonfolgen wechselt. Die schlichten Läufe klingen in der Wiederholung wie Bach, Bach rückwärts. Also nenne ich meine nächtlichen Etüden *Bach vergessen* oder auch *Étude alzheimère.* Helfen aber auch die nicht mehr gegen Schlaflosigkeit – oder zumindest gegen die Angst davor – und habe ich zwei oder drei solcher Nächte in Folge hinter mir, trage ich mich für die Nachtdienste ein. Die Schichten zwischen 3.00 und 7.00 bleiben fast immer frei. Gestern ist so eine dritte Nacht gewesen. Ich habe daheim im Computer nachgeschaut. Im Dienstplan stand Rieke von 23.00 bis 3.00. Sonst niemand. Ich mag das Mädchen. Alle im Stuhlkreis haben sie von Anfang an gemocht, aber aus unterschiedlichen Gründen. Ich habe mich von zu Hause aus für einen Doppeldienst von 23.00 bis 7.00 Uhr eingetragen, eine Jacke über mein Schlafshirt gezogen und die bequemen Laufschuhe aus dem Schrank geholt, die mit den Jahren Gesichter bekommen haben. Die ersten vier Stunden Dienst Wand an Wand mit Rieke zu machen und beim Gang zum Klo den Lichtschein unter ihrer Tür hindurchleuchten zu sehen, darauf habe ich mich gefreut. Es hat etwas Tröstliches, wenn man in der Nacht nicht allein ist.

Ich weiß nicht, wiederholte Marianne jetzt, wieso bist du so oft nachts hier?

Denk mal drüber nach!

Ich schüttelte den Kopf, statt zu antworten, und drehte mich zur Kaffeemaschine, um den Becher nachzufüllen und auch um ihr wie beiläufig meine stürmische Rückennummer 11 zu zeigen. Was wollte sie denn von mir? Worüber sollte ich nachdenken? Das wusste ich ebenso wenig, wie ich wusste, wo meine Erinnerungen eigentlich waren, wenn ich die gerade mal nicht hatte, oder wohin ich eines Tages verschwinden würde, wenn ich dann mal verschwand.

Redest du noch mit mir, von Schrey?

Nein.

Wieso nicht?

Ich kann doch machen, was ich will, oder?, sagte ich und merkte, ich zitterte.

Aber siehst du das denn nicht?

Was soll ich sehen?

Marianne zeigte auf meine Hand und dann auf eine kleine Lache Kaffee neben der Glaskanne. Ich musste gekleckert haben.

Kaffee, sagte ich, ich sehe Kaffee.

Was sagt dir das? Sie griff nach dem Küchenpapier.

Man sieht nur, was man weiß. Das sagt es mir, Marianne, und wenn man beim Hinschauen nur eine Beobachtung macht, hat man was übersehen.

Anmutig und ein wenig festgeschraubt stand sie vor mir und musterte mich. Ich glotzte mit meinem Kuhblick zurück. War ihr eigentlich klar, dass sie sich im Moment nicht nur mit mir, sondern mit einer ganzen Herde intelligenter Tiere anlegte, vor denen sie sich besser in Acht nehmen sollte? Ich mag Kühe und deren Blick, seitdem ich beobachtet habe, dass sie klug und zu Freundschaften fähig sind und um verstorbene Familienmitglieder weinen. Nach wenigen Herzschlägen hatte Marianne wohl begriffen, dass diese – in ihren Augen – Herde plumper Hintern und dummer Schwänze die Küche nicht so einfach wieder räumen würde.

Magst du auch frühstücken?, fragte sie, ging zwei Schritte rückwärts und griff nach dem Messer neben der Brottrommel.

Kurz nach elf bin ich vergangene Nacht aus der Hochbahn gestiegen und kaum noch über die breite Straße bis zum Getränkemarkt neben dem Tor gekommen. Lorentz ist mit Rennrad und Helm an mir vorbeigefahren. Ich war so müde, dass ich unsichtbar war. Die Automatik des Tors versagte. Ich habe es kaum aufstemmen können. Als ich an den Stellplätzen im Hof vorbeikam, hat da diese senffarbene Couchgarnitur gestanden. Mit dem Gefühl, nicht wieder aufstehen zu können, setzte ich mich auf ihr schmuddeliges Cordpolster und schaute hoch zur Dienststelle im zweiten Stock. Da brannte Licht. Ich schaute höher zum Himmel. Der runde Mond und sein dunstiger Hof erinnerten mich an jemanden, aber an wen? Die Parkplätze rechts und links von mir waren frei. Bis vor Kurzem bin ich mit dem Auto zum Dienst gekommen. Gleich nach dem Winter aber habe ich den alten Peugeot 206 verkauft, weil er keinen TÜV mehr bekam – redete ich mir ein. In Wahrheit habe ich ihn wegen eines peinlichen Vorfalls genau hier auf diesem Parkplatz abgeschafft, der mir in die alten Knochen gefahren war. Schauen Sie nicht so blöd, junge Frau, hatte ich an Rosenmontag die kleine Einkaufsleiterin des Getränkemarkts angefaucht, als sie mit hochgezogenen Augenbrauen und Mülltüte durch den Hof am Peugeot vorbeischlenderte, der verzweifelt zwischen Bremse und Gas aufheulte. Was ist?, rief ich trotzdem aus der halb geöffneten Fahrertür, klar kann ich noch Auto fahren, solange ich auch Leute am Telefon davon abhalten kann, sich vor den Zug zu werfen … – mein Gott, total vermessen ist das gewesen. Warum habe ich so getan, als hätte ich eine Romy Schneider, eine Amy Winehouse, Marilyn Monroe, den hessischen Finanzminister vor Kurzem und vor langer Zeit auch Ulrike Meinhof vom Selbstmord abhalten können? Warum habe ich mich an dem Tag so aufgespielt, als genüge nur ein Anruf bei mir im Dienst, und jede Seele würde nach meinen ersten Worten wieder gesund? Tatah-tatah-tatah, hat die kleine Verkaufsleiterin einen Dreiklangstusch nachgemacht und den Müllbeutel geschwenkt, als hätte ich eine Büttenrede nur für sie gehalten. Ich bin ausgestiegen und habe den Motor laufen lassen. Tatah-Tatah-Tatah … nein, ich wollte mich nicht vor ihr verbeugen, ich wollte Rückgrat zeigen. Mein Keilkissen rutschte dabei vom Fahrersitz auf den Parkplatz und mit einer Plötzlichkeit, die wehtat, war mir klar, wie ich dastand: zu klein und zu alt zum Auto fahren und hinter den Ohren keine Schminkreste mehr, sondern nur deutliche Zeichen von Zersetzung.

Drei Anläufe musste ich letzte Nacht nehmen, bis ich mit dem Hintern von der schmuddeligen Couchgarnitur wieder hochkam. Eine Ewigkeit verging im Treppenhaus, bis ich die Tür zur Dienststelle erreicht hatte. Zwei Mal ging zwischendurch das Flurlicht aus, und ich fasste einen Entschluss: Ich würde nicht einmal eine der eingeschweißten Zahnbürsten im Bad benutzen, sondern gleich auf dem Notbett im Büro des Dienststellenleiters das Haar öffnen und mich in meinem Schlafshirt unter einer Wolldecke zusammenrollen, deren süßlicher, etwas tierischer Geruch mich an eine dieser Tagungsstätten erinnerte, in der unser Stuhlkreis einmal ein Ausbildungswochenende verbracht hatte. Thema: gewaltfreie Kommunikation.

Aufmunternd stach Marianne mit dem Brotmesser in meine Richtung.

Frühstück!, wiederholte sie, bevor sie ein Glas öffnete, das sie mit ihrer Mädchenschrift etikettiert hatte: *Erdbeermarmelade.* Begegne ich dem Wort *Erdbeermarmelade*, muss ich an Jesus Christus denken. Als ich ein Mädchen war, habe ich die blutige Leidensgeschichte des Karfreitags umgeschrieben. Aufgeschrieben habe ich jene Version nicht. Schließlich kann man auch schreiben, ohne zu schreiben. Ich habe mir die Leidensgeschichte neu erzählt als Liebesgeschichte. In meiner Version habe ich, dreizehn, den Sohn Gottes im Jahr 33 auf Golgota / Jerusalem mit der Beißzange meines Vaters vom Kreuz gelöst und geraubt, habe ihn später gewaschen und gefüttert mit der selbstgemachten Erdbeermarmelade meiner Mutter. Ich habe Jesus neu eingekleidet mit der Gartenhose und einem alten Pullover meines großen Bruders, der streng nach Schafswollfett roch. Lies mir vor, hat Jesus mich aufgefordert, sobald es ihm im Kellerversteck unten in unserem Haus besser ging. Ich habe mich für Gute-Nacht-Geschichten aus dem Alten Testament entschieden. Das Neue habe ich von vornherein gemieden. Einen Genesenden sollte man nicht mit seiner eigenen Vergangenheit belasten, habe ich mir wohl gesagt, ohne das ausdrücklich damals sagen zu können.

Marianne steckte einen Löffel in ihr Glas Erdbeermarmelade, hielt es mir hin und zeigte zum Küchentisch. Setz dich, von Schrey, sagte sie, und wieder wunderte es mich, dass sie und alle anderen aus dem Stuhlkreis mich immer beim Nachnamen nennen. Ich schneid uns mal Brot, sagte sie und säbelte zwei Vollkornscheiben ab, die sich unter ihrem Messer verkrümelten.

Keine Brötchen, fragte ich vorsichtig, hast du keine Brötchen mitgebracht?

Ich, Brötchen? Nie!, antwortete Marianne empört.

Nachts stellt sich Marianne oft mit Handspiegel vor den Garderobenspiegel, um sich in einem altmodischen Mantel ihrer Mutter aus den Fünfzigerjahren von hinten zu betrachten. Das weiß ich, und was ich nicht weiß, denke ich mir aus. Bis zu ihrem Tod hat Mariannes Mutter, die ihr eines Tages nach Westberlin nachgezogen ist, im hintersten Zimmer der gemeinsamen Wohnung auf einem alten Ledersofa gelebt. Das Sofa ist noch da, jetzt mit einem Flokati drauf, wegen der Flecken, die das langsame Sterben der Mutter hinterlassen hat.

Ich weiß, wie Marianne, die mich als Einzige aus dem Stuhlkreis einmal besucht hat, aussieht in diesen Nächten, wenn sie sich mit dem Handspiegel vor dem Garderobenspiegel von hinten beschaut und der Mantelkragen der Mutter wie ein riesiges Rhabarberblatt über die Schultern fällt. Aus dem Kragen wächst ein Mädchennacken. Das hochgesteckte Haar darüber ist blond mit einem Ton Asche darin. Die Spange am Hinterkopf schimmert rosa. Ich weiß, was Marianne sich bei diesem Anblick jedes Mal fragt: Bin ich eigentlich siebzig, oder bin ich noch jung, siebzehn oder so? Wenn sie sich dann umdreht, sagt der Garderobenspiegel: Du bist so alt, wie du bist, Marianne, Mitte fünfzig. Deine Tochter ist erwachsen und längst fort von zu Hause. Fort sind auch Mauer und Mutter. Das ist nicht gut, das ist nicht schlecht. Das ist so, denn Zeit vergeht. Manchmal ist sie für, und meistens ist sie gegen einen, Marianne.

Nach dem Abitur auf dem naturwissenschaftlichen Gymnasium wollte Marianne eigentlich Biologie studieren. Sie interessierte sich auch für Chemie, vor allem für die Prozesse, die in Organismen ablaufen, also wesentliche Voraussetzungen des Lebens sind und so nüchtern die Frage Fausts beantworten, was die Welt eigentlich in ihrem Innersten zusammenhält. Bis heute kann sie den Ablauf der Meiose in allen Einzelheiten samt chemischen Reaktionen aufsagen. In der Oberstufe brachte ihr eine neue Deutschlehrerin die Liebe zur Literatur und zum Theater bei. Von da an versuchte sie, sich der faustschen Frage von einer anderen Seite her zu nähern. Doch wäre sie besser bei Biologie und Chemie geblieben. Dann hätte sie nicht nach zwölf Semestern Literaturstudium, Masterarbeit und der Geburt eines Kindes, zu dem es keinen Vater gab, den Job als kaufmännische Sachbearbeiterin annehmen müssen, der sie langweilt und überfordert zugleich. Täglich arbeitet sie Akten ab, die nichts mit ihr zu tun haben. Die Lust auf Zukunft ist ihr bei der Arbeit vergangen, aber die Sehnsucht nach einer großen Verliebtheit und der Hunger nach Sinn bleiben.

Ja, aus dem Stuhlkreis hat nur Marianne mich eines Nachmittags besucht. Auf dem Klavier habe ich für sie eine Melodie zusammengesucht.

Kannst du auch *You never walk alone* spielen, Kollegin?

Ich beugte mich tiefer und tiefer über die Tasten und bildete mir ein, ich sähe so wie eine verhinderte Pianistin aus.

Du siehst wie eine verhinderte Terroristin aus, sagte Marianne nach wenigen Takten.

Wer sagt das, das mit der Terroristin?

Lorentz.

Und, hat er Beweise?

Er hat mir auf seinem iPhone ein Fahndungsplakat aus den Siebzigern gezeigt und gesagt, schau mal, die Nummer 11.

Was war mit der Nummer 11?

Dritte Reihe links außen gab es einen Mann.

Ja und?

Er hatte den gleichen Namen wie du.

Sonst noch was?

Er hatte Locken.

Locken, sagte ich, wofür soll das bitte ein Indiz sein?

Nachdem sie sich einen letzten Bissen Erdbeermarmeladenbrot in den Mund geschoben hatte, verschwand Marianne kurz vor halb acht aus der Küche. Sie öffnete im Dienstzimmer das Fenster zum Hof. Wie still es an so einem Karfreitag doch war. Hatten früher nicht Glocken geläutet, wenn auch nur eine einzelne, die offenbar eine Todesnachricht hatte? Marianne stützte sich auf das Fensterbrett. Seit Anfang des Jahres stand im zweiten Stock gegenüber dieser weiße Kühlschrank. Er war sehr groß, und die Küche dahinter sicher sehr schlank. Der Kühlschank erinnerte sie an einen heiteren, hintersinnigen und riesigen weißen Filmhasen namens Harvey. Er war in *Mein Freund Harvey* der Begleiter eines etwas schlichten und albernen Kerls gewesen, der als Einziger seinen Hasenfreund sehen konnte. Der Kühlschrank da drüben hatte für sie die milchweiße Gestalt jenes großen Filmhasen angenommen, vielleicht weil bald Ostern war?

Marianne öffnete den obersten Knopf ihrer Hose, bevor sie sich an den Schreibtisch setzte und ihr Passwort eingab.

Sind Sie erkältet?

Nein, ich bin psychisch krank, sagte ihr erster Anrufer.

Aber psychisch Kranke können auch eine Erkältung kriegen.

Ich habe keine Erkältung, junge Frau, ich habe eine Psychose, sagte der Anrufer. Regnet es eigentlich da drüben bei Ihnen in Berlin auch?

Wieder schniefte er, um dann aufzuschluchzen, als hätte ihn das endgültige Entsetzen gepackt, überhaupt am Leben zu sein. Er legte auf, nachdem Marianne gelogen und versichert hatte, Ja, hier in Berlin regnet es auch.

Wie er seinen Hasen zu Ostern schlachten solle, mit einem Messer oder mit einem Beil, fragte der Nächste. Marianne antwortete nicht gleich. Im zweiten Stock Vorderhaus hatte jetzt der junge Mann, den sie seit Jahresanfang vom Sehen kannte, seinen großen Kühlschrank geöffnet.

Hallo?, fragte Mariannes Anrufer, sind Sie noch da?

Er legte auf, bevor sie einen Vorschlag für schonende Schlachtung hätte machen können. Auf der Bildschirmmaske klickte sie die Kategorie *Kein Anliegen Sorgentelefon* an und sah wieder aus dem Fenster. Tatsächlich fiel ein dünner Regen. Er ließ die Helligkeit des Karfreitagvormittags von den Hausdächern rutschen. Der unvermutete Wetterwandel tröstete sie. Die Lüge von eben war keine mehr, war vielleicht nur eine Erfindung, die sehr rasch Wirklichkeit geworden war. Marianne stand vom Schreibtisch auf. Bevor sie das Fenster schloss, sah sie bei den Parkplätzen im Hof ein Kind auf einer schmuddeligen Cordgarnitur sitzen, die ihr beim Herkommen nicht aufgefallen war. Ein zweites stand im obersten Stock des Vorderhauses auf dem Balkon. Ein buntes Plastikwindrad im Blumenkasten raste neben seinem Kopf.

Komm spielen!, rief das Kind auf dem Parkplatz. Zur Antwort raste nur das kleine Plastikwindrad schneller. Marianne schloss das

Fenster, aber hörte noch, wie das Kind im Hof rief, komm wir spielen Pipi – oder doch lieber Zirkus?

Ich sage Ihnen ganz ehrlich was: Das hat mir die Klinik erspart, dass ich schon seit Jahren bei Ihnen anrufen kann, meinte gegen halb zehn eine Frau, deren Stimme Marianne schon oft in der Leitung gehabt hatte.

Sie sind die Dame mit dem Wohnwagen, oder? Leben Sie jetzt wirklich auf dem Campingplatz?

Ja, aber bei mir sind noch ganz andere Sachen dumm gelaufen, sagte die Dame vom Campingplatz, doch dass die Tage jetzt wieder weicher werden, egal, welche Krise draußen herrscht, das tröstet einen, finden Sie nicht?

Finde ich auch.

Marianne zögerte. Hatte sie den letzten schönen Satz richtig gehört?

Sie sind noch da?

Ja.

Ich habe bereits einen Klappstuhl vor die Wohnwagentür gestellt.

Wegen der weicheren Tage?, flüsterte Marianne befangen, denn sie kam sich vor wie eine Diebin von schönen Sätzen.

Richtig, sagte die Dame vom Campingplatz, da trinke ich meinen Kaffee, und wissen Sie, wer neben mir sitzt?

Ihr Mann?

Ich habe keinen Mann, aber erinnern Sie sich an diesen Schlager?

Die Dame vom Campingplatz hatte angefangen, leise zu trällern.

Ich will 'nen Cowboy als Mann, ja, ich erinnere mich, versicherte Marianne, aber Sie haben noch nicht gesagt, wer genau mit Ihnen vor dem Wohnwagen sitzt.

Die Dame vom Campingplatz lachte: Nicht m i t mir, sondern neben mir sitzt jemand.

Auf dem Nachbarstellplatz?

Genau, ich heiße übrigens Ria, Ria Herr. Doch raten Sie mal, wie die Person neben mir heißt.

Sagen Sie es mir?

Gitte!

D i e Gitte?

Genau, seit drei Tagen sitzt Gitte mit Morgenmantel und Mutter unter einem Vorzelt neben mir und trinkt aus italienischen Tässchen Espresso, egal, bei welchem Wetter. Glauben Sie mir das?

Warum nicht?

Sie sind gläubig?

Schwierige Frage, sagte Marianne.

Ich schon, sagte die Dame von Campingplatz, ich bin es.

Nach dem Gespräch rief Marianne im Netz das Cowboylied und den Wikipedia-Eintrag zur Schlagersängerin Gitte Hænning auf. Von einer Mutter, die hundert sein musste, war nirgendwo die Rede. Als Wohnort war Berlin angegeben, als Herkunft Dänemark. Wahrscheinlich rief Ria Herr nicht beim Sorgentelefon an, um ihre Geschichte, sondern um irgendwelche Geschichten zu erzählen. Wahrscheinlich rief sie nicht einmal aus einem Wohnwagen an, und wahrscheinlich hieß diese Frau auch nicht *Herr*.

Als Marianne kurz nach zehn noch einmal für Kaffee in die Küche ging, kam aus dem Büro des Dienststellenleiters ein Schnarchen. Wie gern hätte sie mit einer Kollegin gesprochen, um die Angriffe des Daueranrufers von soeben zu verdauen, der mit einem sanften *Hallo, können wir reden* begonnen und nach wenigen Sätzen angefangen hatte, Mariannes Stimme nachzuäffen, um sich am Ende über die Unfähigkeit der Frauen am Sorgentelefon und darauf über die Unfähigkeit von Frauen an sich auszulassen: Was soll denn diese dämliche Frage von Ihnen, ob ich Freunde habe, fick dich doch selber, du Fotze!!!

Eine Erkrankung des Nervensystems eben, sagte Marianne sich, als sie Milch in ihren Kaffee goss. Trotzdem, anstrengend blieb dieses verdammte Telefonieren, wenn die Stimme am anderen Ende der Leitung bellte, wenn jeder Satz zubiss und sich eines Fremden Not aus der Anonymität heraus ins eigene Hirn und Herz nagte. Mit ausgestrecktem Arm stützte Marianne sich gegen das Schwarze Brett über der Anrichte. Wie sie da so stand, kam die Erinnerung an ihr erstes Aufnahmegespräch beim Dienststellenleiter zurück. Genau so wie sie jetzt hatte er dagestanden, hatte zugehört und sich nebenbei lauter Zettel mit Anfragen und Geschenkangeboten auf Armlänge vom Leib gehalten. Dein Schwarzes Brett möchte ich nicht sein, hatte sie gedacht.

Das Sorgentelefon habe ich als ausgebildeter Kfz-Mechaniker und nach einer weiteren Ausbildung in Sozialpädagogik noch zu Ostzeiten gegründet, sagte er. Dass er das nicht zum ersten Mal erzählte, hörte sie seiner Stimme an.

Anfangs, sagte er, habe ich nicht damit gerechnet, wie groß die Not der Anrufer sein würde, die über alles redeten, auch wenn die Stasi mithörte, tja.

An dem Nachmittag damals ließ der Dienststellenleiter doch noch vom Schwarzen Brett ab und rückte zwei Küchenstühle zurecht. Bitte, Marianne! Kaum saß er, wippte er mit den Knien. Ihr war egal, ob aus Nervosität oder Neugier auf sie. Anderen war schließlich sogar die Stasi egal gewesen, wenn sie hatten erzählen wollen. Als er seine Hände langsam über die Tischplatte schob, hatte Marianne lauter schöne Dinge gedacht. Denn sie waren wie gemacht dafür, mit Stromkabeln, Autobatterien, Baumscheren und Liebesnächten umzugehen, diese Hände, bis Marianne bemerkt hatte, sie suchten nur eine Position, von der aus sich unauffällig auf die Armbanduhr schauen ließ.

Einen Moment hatte Matthias überlegt, ob er in seiner neuen Wohnung die Fotos mit Stecknadeln an den leeren Raufaserwänden befestigen sollte. Auf keinen Fall wollte er so prosaisch sein wie ein Junge, der Poster anpinnt. Niemals würde er heute noch Stecknadeln durch Bilder bohren, sondern die Nadeln vorsichtig in die Tapete stecken, um danach die Fotos dahinterzuklemmen. Am Ende stellte er seine Bilder, die er selbst entwickelt und vergrößert hatte, entlang der Fußleiste auf. Das feste Papier machte alles mit, auch ohne Rahmen. So wurden seine Fotos Mobiliar, bevor er welches hatte. Normalerweise bewahrte er sie in flachen Kartons mit dem Logo einer Firma auf, die es schon lange nicht mehr gab. Im letzten Jahr hatte er auch seine alten Negative gescannt, doch nicht digital bearbeitet. Nicht weil er das nicht konnte, sondern weil er es nicht wollte.

Er sah auf die Uhr. Sein Dienst begann um elf. Er würde mit dem Rad hinfahren und wie so oft zu spät kommen. Meistens fuhr er langsam, aber nicht weil er unsportlich, sondern weil er in Gedanken war. Wenn er Glück hatte, überzog Marianne, die vor ihm Dienst machte, ihre Schicht, nicht weil sie das wollte, sondern weil sie nicht anders konnte.

Doch Glück hatte Matthias eigentlich nie.

Er war einfach zu langsam für das Glück.

An der Kopfseite zum Flur stellte er seine Boxerfotos aus. Zum ersten Mal bemerkte er, dass jeder der Männer auf den Bildern Ähnlichkeit mit ihm hatte, selbst wenn sie ganz anders aussahen. Lauter seitwärts gebogene Nasen in erschöpften Gesichtern, die eigentlich oval, aber auf den Aufnahmen nur verquollen waren. Lauter Menschen, die sich eine Wunde offen hielten, selbst wenn es ihnen wieder besser ging.

Matthias öffnete einen nächsten Karton. Beide Längsseiten des Zimmers würden für seine Reisefotos nicht ausreichen. Wie klein doch diese neue Wohnung war – aber hatte er jemals in einer großen gewohnt? Bilder von Köln, Polen, Istanbul, Dortmund, von New

York und dem Bayrischen Wald drängten sich aneinander, bis kein Platz mehr war für ein letztes, für eine Aufnahme vom Nebeneingang des Bahnhofs Cottbus – Chóśebuz. Über den Frontscheiben der wartenden Busse waren die Endhaltestellen auf Deutsch und Sorbisch angeschrieben gewesen. Was für eine Gegend, vielmehr gar keine Gegend, hatte Matthias an jenem Tag im Februar gedacht, bevor er mit seinem Stuhlkreis über eine breite Bahnbrücke zum Beauftragungsgottesdienst gegangen war. Sehr kalt waren ihm die Schienenstränge da unten vorgekommen, denn Emilia war nicht dabei. Ein Stück war er hinter den anderen zurückgeblieben, hatte sich am Geländer festgehalten und plötzlich wieder auf dem Zehnmeterbrett gestanden, von dem er vor langer Zeit nicht gesprungen war.

Seine besten Frauenporträts reihte Matthias den Boxern gegenüber auf. Diese Kellnerin, die war doch Kölnerin gewesen, oder? Und die, die nackt und mit dem Kopf im Nacken den Betrachter aus dunklen Brustwarzen anschaute, wie hatte die noch geheißen? Was war das hier eigentlich für eine Veranstaltung? Deine, sagte er sich, es ist die Veranstaltung eines älteren Herrn, der neulich im Deckenspiegel eines Aufzugs sein Alter entdeckte, als er das schüttere Haar am Scheitel sah.

Unter den Fenstern schaltete sich in dem Moment hörbar die Heizung ein. Er setzte sich auf seinen Schlafsack. Sieht aus wie in einem Museum für moderne Kunst, dachte er und betrachtete seine Hängung, die eigentlich eine Stellung war. An der Kopfseite seines Zimmers führte eine billige Weißlacktür, Stil Baumarkt, zur Diele, von der auch das Tageslichtbad abging. Als Matthias das Wort *Tageslichtbad* im Kopf um 180 Grad wendete, tauchte auf der Rückseite ein verwandtes auf: *Dunkel-kammer*, buchstabierte er laut und langsam in den leeren Raum hinein. Wie früher würde er dort drüben im Bad seine Fotos selbst entwickeln. Das Equipment einschließlich Moltonvorhänge hatte er noch, und vor allem hatte er die Erinnerung daran, wie in so einer Dunkelkammer Alleinsein zur Geborgenheit wurde, während sich Negative zu Positiven entwickelten.

Mein Name ist Kawelke, sagte Matthias' erster Anrufer um zwanzig nach elf. Ich bin in einem Höllenloch. Meine Frau will mich verlassen.

Wie lange sind Sie denn verheiratet?

Ich bin sechsundachtzig, seit neunundfünfzig Jahren verheiratet und habe zwei Selbsttötungsversuche hinter mir.

Mögen Sie erzählen?

Matthias klickte auf dem Bildschirm *Namensnennung* und *Suizidversuch* an. Das Erste kam viel seltener vor als das Zweite. Er sah aus dem Fenster. Die Fenster an der Fassade gegenüber starrten blicklos zurück. Er war tatsächlich zu spät zum Dienst gekommen und hätte fast die beiden Mädchen da draußen im Hof übersehen, die hinter einer schmuddeligen Cordcouch hockten und auf den Parkplatz pinkelten. Was macht ihr da?, fragte er, ohne neugierig auf die Antwort zu sein.

Wir spielen Pipi, antwortete die eine, und ich bin Prinzessin Kaka, meinte die andere, bevor sie zusammen krähten: Wir sind vom Zirkus!

Matthias war stehen geblieben. Starr erwiderten sie aus der Hocke seinen Blick und schoben den Unterkiefer vor, damit er bloß nicht näher kam. Irgendwie tierisch, fand er, irgendwie hündisch oder hyänisch. Doch sah er noch einmal genauer hin. Nein, keine Hunde oder Hyänen waren das, sondern zwei kleine dumme Gänse, denen man nicht zu viel Aufmerksamkeit schenken sollte. Im zweiten Stock angekommen goss er trüben Filterkaffee, den eine silberne Isolierkanne warm hielt, in einen Becher mit dem Logo *Sorgentelefon*. Bauarbeiterkaffee, hatte er gemurmelt und den Becher mit ins Dienstzimmer 2 genommen.

Ach wissen Sie, meine Frau ist so misstrauisch, sagte Kawelke jetzt. Damals, noch in der DDR, habe ich mich eines Tages in meinen Trabi gesetzt und bin nach Thüringen gefahren. Einfach so. Ich wollte mal raus und allein sein. Ich schwöre, ich bin nie fremdgegangen, aber meine Frau hat mir nicht geglaubt. Und dann, gleich nach der Wende, bin ich in die FDP eingetreten und habe meiner Frau nichts davon gesagt. Als sie es erfuhr, stellte sich heraus, dass für sie die FDP noch schlimmer war als Fremdgehen.

Matthias lachte, ratlos und zu laut. Wie heißt denn Ihre Frau?

Gerda, sagte Kawelke, Gerda Kawelke, und früher haben Gerda und ich viele Auslandsreisen zusammen gemacht. Jetzt essen wir sogar getrennt in zwei unterschiedlichen Zimmern, und an all unsere Reisen kann sie sich angeblich nicht mehr erinnern. Sie kann sich an nichts erinnern, was uns beide betrifft, sagte Kawelke, außer an das Glas Wasser, das ich vor fünfzig Jahren mal hinter ihr her geworfen habe. Den Grund für diesen Ausbruch weiß ich heute nicht mehr. Denn eigentlich bin gar nicht so, sagte Kawelke, und Matthias fragte darauf: Was glauben Sie denn, warum sich Gerda trennen will?

Sie vertraut mir nicht mehr, aber das habe ich auch nicht anders verdient.

Vertrauen verdient man sich nicht, Vertrauen wächst, oder?, fragte Matthias.

Ich bin aber bettlägerig.

Das mag Gerda nicht?

Vielleicht mag sie auch meinen Bestellwahn nicht. Vielleicht traut sie mir deswegen nicht mehr. Weil ich nämlich bettlägerig bin, kommt es vor, dass ich viel im Netz bestelle, vor allem für die Enkel. Was soll ich sonst auch den ganzen Tag lang tun, hier in meinem Höllenloch?

Und das mag Gerda nicht?, wiederholte Matthias und merkte, dass er, je länger das Gespräch dauerte, immer mehr in ein Rollenspiel geriet, in dem er die Ratschläge für Kawelke immer mit einem *Hör mal, Gerda, so könnten Sie sagen* einleitete.

Antwortete Matthias als Gerda, überzog er seine Stimme mit einem Firnis aus Zuwendung, so wie man Holz, das kaum noch was wert ist, trotzdem mit Wetterschutz streicht.

Als Matthias sich vor vier Jahren für das Ehrenamt bei Sorgentelefon e. V. beworben hat, hat er nicht erwartet, dass der größte Teil der Anrufer arm, schon älter, einsam und oft aus jenem Teil des Landes sein würde, den der Westen als ehemaligen Osten bezeichnet, so als würde es die Himmelsrichtung Osten seit 89 nicht mehr geben. Niemand in dem Stuhlkreis damals ist auf diese unspektakuläre Not und dieses Gestern vorbereitet gewesen, das im Heute nicht aufhören will zu sprechen. Nur Wanda – vielleicht.

Jede Situation hat eine Geschichte, die man kennen muss, um das Woher und Wieso zu verstehen, hat sie einmal zusammengefasst, jeder Augenblick hat seine Biografie und jede Biografie ihre Rätsel.

Kluge Wanda! Ist das von ihr, oder hat sie das irgendwo gelesen? Egal! Auch für Matthias bleibt das Leben eine rätselhafte Aufgabe. Sein Großvater hat im KZ in der Abteilung ASR gesessen, wo die Arbeitsscheuen des Reichs zwecks vorbeugender Verbrechensbekämpfung weggesperrt wurden. Sein Vater hat sich an einem sonnigen Nachmittag vom Schrebergarten aus einen Bahndammhügel hinunter- und vor den einzigen Zug des Tages rollen lassen, der 16.16 Uhr vorbeikam. Auf dem Tisch vor dem Geräteschuppen hat der Lottoschein gelegen, den der Vater ausgefüllt, aber nicht mehr abgeben hatte. Ist das Unglück Absicht, oder ist es der Alkohol gewesen, und ist Matthias dem Vater und also auch dem Großvater ähnlich? Faulheit sowie Veranlagung zum Selbstmord können erblich sein, weil der Apfel nicht weit vom Stamm fällt, oder? Wiederholt hat er Baumaterialien gestohlen und ist erst zu einer Geldstrafe verurteilt worden und war später wegen Rückfälligkeit zu mehreren Monaten Freiheitsstrafe im Knast. Einen Kollegen, der ihn bei der letzten Aktion auf frischer Tat erwischt und ziemlich dämlich provoziert hat, hat Matthias einfach k. o. geschlagen, so kam zu § 242 Abs. 1 des Strafgesetzbuchs noch § 223 Abs. 1 hinzu. Ja, so was kommt von so was, und wenn er über Zwangsläufigkeiten in seinem Leben nachdenkt, kommt Matthias oft der Satz in den Sinn, den sein Vater kurz vor dem Tod auf der Rückseite des Lottoscheins notiert hatte: *Samstags werden eh immer die Falschen gezogen.*

Konnte ich Ihnen ein wenig weiterhelfen, Herr Kawelke?, hatte Matthias nach gut einer Stunde sein erstes Gespräch an diesem späten Karfreitagvormittag beendet. Wieder ging er in die Küche. Wieder goss er sich Bauarbeiterkaffee ein. Wie wohl jemand, der bettlägerig war, Selbstmord begehen würde?, fragte er sich. Mit einem zweiten Wasserglas, das er fünfzig Jahre nach dem ersten nicht gegen die Frau, sondern gegen die Wand warf, um sich mit einer geeigneten Scherbe die Pulsadern aufzuschneiden? *Vielleicht*, antwortete das laute Zischen der Isolierkanne, deren Deckel er nicht richtig zugeschraubt hatte. Im Spülbecken stand ein zweiter, benutzter Kaffeebecher, der eben noch nicht dort gestanden hatte.

War da noch wer?

Am Ende des Flurs gegenüber dem Zimmer des Dienststellenleiters wurde die Klospülung bedient. Da waren Schritte auf dem Flur, kleine, leichte Schritte, sodass es Matthias nicht gewundert hätte, wenn ein Vogel dort entlanggetrippelt wäre. Als er den Kopf aus der Küchentür streckte, sah er eine schmale Gestalt, die gerade im Zimmer des Dienststellenleiters verschwinden wollte, und rief: Hey, Nummer 11, alles klar?

Bond mein Name, wie James Bond, meldete sich ein Anrufer bei Matthias, als es schon fast Nachmittag war, er war aber Elektriker. Auf dem Höhepunkt seiner Karriere hatte er den Airbus 380 geflogen, obwohl er kein Französisch sprach. Dann wurde er nierenkrank und arbeitslos, wurde Langzeitarbeitsloser, mit dem bald die Freunde von früher und am Ende auch sonst niemand mehr etwas zu tun haben wollte. Vor allem seine geschiedene Frau nicht, die jetzt mit einer Frau lebte. Die Tochter hatte sie mitgenommen, aber den Strom hatte James Bond noch in ihrem neuen Haus verlegen dürfen. Das war der letzte Kontakt gewesen.

Matthias geriet während des Anrufs immer tiefer hinein in eine Unaufmerksamkeit, bis er schließlich neben sich stand und zusah, wie er auf einem Schmierpapier herummalte. Lauter ineinander verknotete, weibliche Wesen, alle mit hartem Kulistrich gezeichnet. Kaum hatte er aufgelegt, warf er seine Kritzeleien fort. Wieder sah er zum Fenster. Wohin sollte man in diesem Zimmer auch sonst schauen? Es war kurz vor drei, und noch immer blickten die Fenster von gegenüber aus toten Augen zurück.

Stand die ganze Welt heute gar nicht mehr auf?

Kam hier denn kein Schwein, um ihn abzulösen?

Bis gestern noch war Emilia für die Schicht nach ihm eingetragen gewesen, Emilia, die morgens im Bett so verschlafen schön wie Romy Schneider aussah. Romy Schneider und Emilia, beide hatten sie so etwas Verstummtes, auch wenn sie sprachen. Matthias rief den Dienstplan auf. *Erkrankt* stand unter Emilias Eintrag. Stimmte das? Falls nicht, was ging ihn das an? Genauer: Dass er sie liebte, was ging sie das an? Bevor er ging, klopfte er leise an das Büro dem Klo gegenüber. Keine Antwort.

Als sei es die Tür zu einem Kinderzimmer, drückte er die Klinke herunter. Eine laue Luft und eine merkwürdige Stille umgaben ihn. Nicht das geringste Lebenszeichen eines anderen Menschen deutete an, dass er nicht allein war auf der Welt.

Hallo?

Wieder keine Antwort, aber eine ordentlich gefaltete Wolldecke auf dem Bett neben dem chaotischen Schreibtisch des Dienststellenleiters.

Zwanzig nach drei schob Matthias endlich sein Rad durch den Hinterhof Richtung Ausgang. Die schmuddelige Cordgarnitur stand verwaist auf ihrem Parkplatz, und keine Prinzessin thronte mehr dort. Wo waren die Menschen alle hin? Auch auf der breiten Straße jenseits des automatischen Tors empfing ihn nicht die Geschäftigkeit aller Tage oder ein Strom fremder Menschen, deren Anwesenheit ihn sonst immer tröstete.

Ob sie noch ihre Medikamente nehme?, hatte er vorhin eine Frau in seinem dritten Gespräch des Tages gefragt. Ob sie damit auch keine Dummheiten mache, und sie darauf: Sie meinen, solche Dummheiten wie neulich, junger Mann?

Von Kopf bis Fuß auf Flirten eingestellt, hatte sie ihre feurigen Augen ganz in die Stimme gelegt und weitergeredet: Sie meinen mit Dummheiten den Mix aus drei Flaschen Wein und all meinen restlichen Medikamenten, den ich mir mal gegönnt habe, bevor ich bei Ihnen anrief? Das mache ich nicht noch einmal, lieber wasche ich mir die Haare oder räume die Wohnung auf. Beides hilft. Wussten Sie eigentlich, dass sich Trauer und Angst ziemlich ähnlich anfühlen, und hätten Sie gedacht, dass ich schon 55 bin, junger Mann? Aber ich sehe noch ganz appetitlich aus. Wie alt sind Sie eigentlich?

An ein Lachen hier wie dort erinnerte sich Matthias, als er sich jetzt auf sein Rad schwang und im Anfahren einen Blick in die Scheibe des Getränkemarkts warf. Da drüben im grauen Glas, das war er. Eigentlich sah er ganz gut aus. Eigentlich hatten die meisten Kerle in seinem Alter bereits ein Feinkostgewölbe, wie Emilia die Bäuche von Männern ab fünfzig nannte. Matthias war Anfang fünfzig, etwas jünger also als die Frau, die vorhin gegen Ende des Gesprächs sagte, Sex brauche sie nicht mehr, Männer habe sie in ihrem Leben genug gehabt und auch Vergewaltigungen. Denn wissen Sie, das macht mir alles keinen Spaß mehr, sagte sie, je billiger die Hotels, desto wütender das Vögeln.

Was macht Ihnen denn noch Spaß?, hatte Matthias vorsichtig nachgefragt.

Küssen, hatte die Frau gejubelt, Küssen, Küssen!

Karfreitag vor einem Jahr bin ich, Frau von Schrey, ebenfalls mit dem Rad zum Dienst gefahren, obwohl ich den Peugeot noch hatte. Reflexionen einer letzten Sonne haben sich wie Fernlicht auf die Straßen geworfen. Unwirklich still war es, als hätte jemand eine Ausnahmesituation ausgerufen. Aber an Karfreitagen ist das wohl immer so, erinnerte ich mich. In dieser Stimmung schien es mir, als führte mich mein eigener Lebensweg doch noch einmal ein Stück geradeaus, wenn auch mit sanfter Steigung. Ein Weg wie ein Magnet, der einlud, an seinem Ende mit Rad, Rücktritt und Dreigangschaltung in einem überbelichteten Bild zu verschwinden. Ja, ich erinnere mich an diesen Karfreitagnachmittag im vergangenen Jahr wie an eine ewige Gegenwart. Müsste ich den Tag als Bild malen, wäre es eins mit den Maßen 60 mal 70 Zentimeter vielleicht. Ein Kirchturm steht im Zentrum der Szene. Sein Ziffernblatt ist unwirklich weiß und ohne Uhrzeit. Die Straße davor läuft ohne Tiefe, ohne Schatten, ohne Licht auf den Turm zu. Ihr Bürgersteig berührt dabei die Sockel der Hauswände, in deren Fenstern Laken aus Finsternis hängen, obwohl es deutlich Tag ist. Am Straßenrand wartet ein Auto mit einem ebenfalls unwirklich weißen Nummernschild, das ein großes Pflaster sein könnte, auf dem nichts, aber auch gar nichts steht. Ein Mann will knapp hinter dem Auto nach rechts abbiegen und begegnet dabei einem Mädchen oder einer zerbrechlichen, alten Frau. Mir! Sie ist flach wie eine Oblate und der grauen Hauswand hinter ihr, auf die sie keinen Schatten wirft, farbverwandt.

Die Gesichter beider Personen geben sich nicht zu erkennen, weder das von ihr, der Oblate, noch das von ihm, dem Rechtsabbieger. Sie tragen die Maske ihrer Umgebung, über der unerhört weit oben etwas flattert.

Was ist das nur für ein Tier?

Der Mann auf dem Bild, der gerade nach rechts abbiegen wollte, dreht sich um. Eine üble Sache, eine ganz üble Sache, sagt er, das ist eine Fledermaus.

Ja, an dem Karfreitag vor genau einem Jahr, als ich mit dem Rad zum Dienst fuhr, obwohl ich doch den Peugeot noch hatte, waren Menschen mit und ohne Hunde unterwegs. Sie trödelten die Gehsteige im ehemaligen jüdischen Viertel entlang. Kaum einer sprach, nur einer aß auf Höhe der Synagoge einen Apfel. Sein Kauen sah aus wie ein Lächeln, als er das Rad und mich sah, wie wir uns die sanfte Steigung hinaufquälten.

Er hatte Locken.

Mein Mann hat auch Locken gehabt, aber Zeit vergeht.

Ist das so?

Mein Mann ist tot.

Noch mal: Ist das so?

Physiker denken nämlich, dass das Voranschreiten von Zeit nur eine Illusion ist. Theoretisch existieren für Einstein Vergangenheit, Gegenwart und Zukunft, existieren also der Karfreitag jetzt und der Karfreitag vor einem Jahr gleichzeitig. Alles gehört in ein System von Dauer, und nichts verschwindet. Wenn das so ist, dann geht nichts verloren. Dann wird auch mein Mann für immer gewesen sein. Einstein würde sagen, tröste dich, von Schrey, sein Fenster in der Raumzeit kann ihm keiner mehr nehmen. Der schöne Abend mit Endivienpüree und auch die erste gemeinsame Nacht in dem belgischen Dorf, in dem mein Mann und ich unter einem alten Birnbaum anhalten mussten, weil uns der Sprit auf dem Weg nach Paris ausgegangen und keine Tankstelle geöffnet war, wird dann für immer gewesen sein. In jener Nacht schlug bis zum Morgen eine Stalltür unterhalb unseres Schlafraums. Es regnete. Die Betten bei dem Bauern, der uns in unserer Not beherbergte, standen knapp einen Meter auseinander. Es war ein kleiner, klammer, quadratischer Raum. Das alles ist Jahrzehnte her, aber noch immer schlägt die Stalltür mir an all jenen Morgen, an denen es regnet. Egal, wo. Sie schlägt nicht in meiner Erinnerung.

Sie schlägt auf einer Zeitschlaufe. Denn die Dinge passieren nicht nacheinander und passieren auch nicht zufällig. So ist unser Leben. Es gehört in das System von Dauer, das gefüllt ist mit Ereignissen, die wir nicht mehr ändern können. Ein Déjà-vu gewährt manchmal für Bruchteile von Sekunden einen Blick in diese Endlosschleife. Manche mögen diese Endlosschleife auch Gott nennen. Ja, das klingt kompliziert, aber nur komplizierte Erklärungen können eine sehr komplizierte Welt erklären. Mir wenigstens. Also noch mal: Nichts geht verloren. Mein toter Mann und mein lebender Mann existieren gleichzeitig.

Der Tod ist eigentlich nur ein Birnbaum in einem belgischen Dorf, der ohne uns blüht?

Wiederhole ich mich?

KARSAMSTAG

Als Wanda noch auf Schiffen unterwegs war, war sie am frühen Abend immer gejoggt und ihre hundert Runden ziemlich breitbeinig die Reling entlanggelaufen, um auch bei hohem Seegang das Gleichgewicht nicht zu verlieren. Bei jedem Wetter war sie gelaufen, doch am liebsten dann, wenn der Himmel von einem tiefen Blau war und sich glitzernd wie ein kostbarer Stein im Meer spiegelte. So ein Himmel weitete und wölbte sich nach allen Seiten, groß und ruhig, und man hatte Lust hineinzuspringen. Ursprünglich hatte sie halbherzig eine Lehre als Fliesen- und Mosaiklegerin gemacht, um sich später jedoch für die Marine und diese geschlossene Welt auf dem offenen Meer zu entscheiden, wo bei Einbruch der Nacht bald schon die Leuchttürme den Horizont nicht mehr anzeigten. Die Schiffe der Bundesmarine, auf denen Wanda vier Jahre lang gefahren war, trugen die Namen von Städten, Ländern oder großen Persönlichkeiten. Auf der Fregatte Köln war sie in Brandbekämpfung und Leckabwehr geschult worden und auf dem Zerstörer Mölders bis zu den Pyramiden von Gizeh gekommen. Ihre Herkunft Hoyerswerda lag da bereits weit hinter ihr und hing nur noch wie ein Faden aus der Kindheit. Hatte sie alles nur geträumt, sagte sie sich, dass es einmal mittwochs Fisch, freitags russisches Fernsehen und an den restlichen Tagen *Das Erste* aus dem Westen gegeben hatte, wenn nicht gerade Schneetreiben den Bildschirm trübte.

Er wohnt tatsächlich zweiter Stock Vorderhaus, das muss man sich mal vorstellen, Wanda, jubelte Rieke. Sie saßen auf der Feuertreppe, Wandas Lieblingsort in diesem Depot des DDR-Museums. Unsicher, welche Sensation sie sich genau unter einem zweiten Stock Vorderhaus vorstellen sollte, schnipste sie eine Streichholzschachtel zwischen sich und einer ziemlich aufgelösten Rieke hin und her. *Wo das Herz von voll ist, fließt der Mund von über …* Wo hatte Wanda den Spruch noch mal her? Die rauchende Rieke neben ihr redete und redete von einem Arian, der sie nach ihrem Dienst an Gründonnerstag beim Nachtbus abgefangen und bis weit in den Karfreitag hinein in seiner Wohnung festgehalten hatte.

Festgehalten, Rieke, nicht dein Ernst, oder?

Rieke wurde rot.

Er hat viel schönere Haare als ich.

Und mit denen hat der dich gefesselt?

Wanda legte den Kopf in den Nacken und versuchte, ein Lächeln auf ihrem Gesicht zusammenzusetzen. Der Morgenhimmel, der sich über ihr wölbte, hatte etwas Zertretenes. Ein Bussard kreiste über ihnen in Warteschleife, und weit über dem Vogel flog ein einzelnes Flugzeug, das einen Kondensstreifen am Himmel hinterließ, eine Schrift, die der Vogel vielleicht lesen konnte.

Er ist Muslim, sagte Rieke. Sie hatte die Zigarette auf den Gitterstufen der Feuertreppe abgelegt und putzte sich die Nase, aber so, als hätte sie das nie gelernt.

Okay, ist er auch ein guter Liebhaber?

Was für eine Frage, Wanda!

Es folgte ein Schweigen, bis Wanda sagte, du hast recht, Rieke, am Ende ist es immer schöner, jemanden zu lieben, als jemanden nicht zu lieben.

Wanda arbeitet am westlichen Stadtrand im Depot des Berliner DDR-Museums. Sie ist die Sammlungsleiterin. Das Museum selbst liegt weit entfernt im Zentrum der Stadt und am Knotenpunkt aller Tourismuspfade. Hier hingegen spaziert ein jeder für sich allein zwischen toten Gleisen und Lagerhallen herum, deren Dächer die Natur begrünt hat. Überall wächst, was will. Gestrüpp, Gesträuch, Dorniges – Wanda mag das. Dieser Depot-Distrikt hat etwas Rührendes. Vor allem die Pflanzen. Sie müssen das Opfer einer Verwechslung oder Verwirrtheit der Natur geworden sein. Äste und Zweige schimmern farbig. Die Blätter hingegen sind von einem besonderen Grau und erinnern an schöne, aber schwächliche Kinder, denen der Schrecken in einer einzigen Nacht das Haar gebleicht hat. Normalen Arbeitsbetrieb gibt es auf dem verwaisten Gelände kaum noch, dafür aber Ruhe, große Vögel, Wind aus dem Nichts oder vereinzelt Menschen, die sich tapfer durch die Industriewildnis zu irgendeinem übrig gebliebenen Fuhrpark oder – wenn auch selten – zum Depot des DDR-Museums schlagen. *Zone* nennt Wanda den Ort, wenn sie morgens über diese Scholle zur Arbeit läuft, die vom Rest der Welt wie abgebrochenen daliegt. Etwas scheint dann in ihrem Alltag auf, eine Art Aura des Ausrangierten, die sie aus dem russischen Kino kennt.

Riekes Blick verlor sich, sah Wanda jetzt, zwischen zwei parkenden Lastwagen am Fuß der Feuertreppe und glitt weiter eine Asphaltstraße entlang, die nach einer überflüssig gewordenen Schranke für Autos und einem defekten Drehkreuz für Fußgänger im Dauerrauschen einer Ausfallstraße mündete.

Muslim also, sagte Wanda, so wie man *Achtung* sagt, und kreuzte die Arme vor der Brust. Dann, meine Kleine, darfst du in Zukunft nicht nur deinen Exfreund nie wieder sehen, sondern du musst auch immer berichten, wo du gerade warst, was du gemacht hast, und darfst nicht rauchen. Sie zeigte auf das Grübchen neben Riekes Mundwinkel. Mit den letzten Zigarettenzügen schien es deutlich tiefer geworden zu sein. In zwanzig Jahren würde es ein Abzugsgraben für Riekes Lachen sein, falls ihr das Lachen bis dahin nicht gänzlich vergangen war.

Arian ist ein atheistischer Muslim, Wanda!

Trotzdem, antwortete sie, wenn du arbeiten gehst, darfst du nicht mehr Geld als er verdienen.

Wer sagt das?

Die Leute.

Was du für Leute kennst.

Wanda schaute nach dem nächsten Flugzeug am Himmel. Wäre er bedeckt, sähe man die Maschine nicht, die man hört. Das Unsichtbare macht immer mit, dachte sie, und unsichtbar ist fast alles, unsichtbar wie an Bord die Maschinen unter Deck, die hell singen und stöhnen, während sich ihr Material Seemeile um Seemeile verschleißt. Wie sie das gemocht hatte, wenn sich ihr Blick im Kielwasser verlor, das sich wellte und wie Schiefer glänzte. Die Farbe des Wassers hatte sie immer erinnert an eine Ringeltaube im letzten Frühling der DDR. Die Taube hatte sie bei einer Kirmestombola gewonnen, der Mutter geschenkt und auf deren Verlangen gleich wieder fliegen lassen. Auf dem Weg zum Kettenkarussell hatte Wanda sich noch einmal umgedreht und gesehen, wie der Losverkäufer die Taube mit einem Schmetterlingsnetz wieder einfing und noch einmal als Preis aussetzte. Der Mutter hatte sie nichts davon gesagt. Von jenem Nachmittag an war die Mutter Wandas Kind geworden.

Wanda?, fragte Rieke leise.

Ja, hier.

Ich habe es ihm schon gesagt.

Wem?

Arian.

Was genau?

Dass ich machen kann, was ich will.

Rieke legte vorsichtig die Hand auf ihre.

Wahrscheinlich stellst du dir vor, dass er sich jederzeit eine Weste mit merkwürdigen Ausbuchtungen überziehen würde, um in einen Heiligen Krieg zu ziehen, oder?

Was ich mir vorstelle, geht dich gar nichts an.

Wanda zog ihre Hand unter Riekes weg. Kurz starrten sie einander an, eine jede von ihrer Seite des Lebens aus. Rieke war Mitte zwanzig und aus Dortmund, Wanda war Anfang vierzig und aus Hoyerswerda. Am Horizont bliesen Schornsteine Wolkensäulen in den fast wolkenlosen Himmel.

Stopp, sagte da Rieke.

Was?

Hast du das auch gehört? Da seufzt jemand.

Doch was wie ein Seufzen geklungen hatte, kam von den alten Dachrinnen her, die unten an der Gebäudewand lehnten. Genau da lassen wir sie auch stehen, hatte Wanda sich vor dem letzten Winter gesagt – für genau dieses Geräusch, das der Wind macht, wenn er sich darin verfängt.

Wandas Mutter war froh gewesen, als die Tochter im Museumsdepot unterkam. Das passte. Sie war ein seltsames, ein besonderes Mädchen, schon immer gewesen. Als Kind hatte sie Dinge, die keiner mehr wollte, wie Waisenkinder um sich versammelt. Wanda und die Mutter hatten als Erstbezug in Block WK 5e in Hoyerswerda gewohnt. Junge Familien lebten dort in Neubauwohnungen mit Zentralheizung, Balkon und einem Warenhaus in Rufnähe. Die Gegend war aus grauem Beton. Grün waren nur die Primeln oder Tulpen im Frühling oder im Sommer das Laub der ebenfalls noch jungen Birken zwischen den Hochhäusern. Die Mutter hatte im Nebenjob als Mannequin gearbeitet, auf dem Modeball in Altenburg und beim Winterauftritt der Kürschner. Die zeigten in Leipzig, was sie konnten, aber Wandas Mutter auch. Mein Gott, welche Kindheit hatte diesen gelassenen Gang nicht unterdrückt und diese fröhliche Unbefangenheit gestattet, hatte Wanda sich manchmal gefragt, wenn sie alte Fotos von ihrer Mutter sah. Einen Strickmantel mit Weißfuchsbesatz hatte sie eines Nachmittags dort in Leipzig so vorgeführt, dass sie ihn danach behalten durfte. So was kommt von so was, sagte die Mutter gern. Ich habe nie in jenem Land damals herumgestanden wie eine angepflockte Ziege auf geweihtem Gras. Eigentlich hatte die Mutter mit ihren muskulösen Oberarmen und den großen Händen Bauingenieurin gelernt. Das passte nicht richtig in die Modewelt, und als die Mauer fiel, sah sie bereits ganz anders aus als auf den Werbefotos sechs oder sieben Jahre zuvor. Wanda hatte jene Fotos der Mutter gesammelt, mit der gleichen Zärtlichkeit, wie sie auch Servietten, leere Streichholzschachteln, Wackelbilder, Aquarien mit Sprung, Einwickelpapier von Pralinen aus dem Ausland und Indianerbilder sammelte. Das Herzstück ihres privaten Depots aber waren drei grüne Koffer. Ein großer, ein mittelgroßer und ein kleiner. Wanda, die keinen Vater hatte, nannte die drei Vater, Mutter und Kind. 1972 hatten sie eine Freundin der Mutter und Teilnehmerin der DDR-Olympiamannschaft nach München begleitet. Zehn Jahre später waren Wanda und die Mutter mit den dreien auf dem Rücksitz eines schwarzen Ladas unerkannt ins Freundesland Sowjetunion gefahren. Die drei Buchstaben DDR hatten sie mit den Anfangsbuchstaben ihrer eigenen Namen überklebt. Jetzt, erwachsen geworden, verdiente Wanda mit ihrer Leidenschaft für Dinge das Geld im Westen und blieb gleichzeitig dem Osten treu – bis in die EDV hinein, die sie für das Depot angeschafft hatte. Robotron Daphne hieß das System, mit dem sie ihre Museumsobjekte katalogisierte. Robotron war ein Wort aus einer anderen Zeit, die bis heute von sich erzählen wollte. Aber welche Zeit wollte das nicht? Die Kaffeemaschine im Depot-Büro war aus DDR-Beständen. Die K109 von Aka Electric schnarrte vier bis fünf Mal am Tag und verbreitete ältlichen Plastegeruch, selbst wenn der Kaffee frisch aufgesetzt war.

In einem Safe aus der Stasizentrale Normannenstraße bewahrte Wanda Konzept und Material für eine echte DDR-Modenschau auf. Das Lebensgefühl der Mutter damals, und ihren eigenen Phantomschmerz jetzt, wollte sie spätestens im kommenden Jahr übersetzen in einen Catwalk. Genauer: Sie wollte einen volkseigenen Catwalk inszenieren, um ihn auf die Bewusstseinsbühnen in West und Ost zu bringen. Denn in Wandas Biografie fiel das abrupte Ende der DDR in eins mit dem Ende der Kindheit. Zehn Jahre zuvor war sie auf eine Welt gekommen, die Hammer und Sichel schwang in Gedanken, Worten und Werken.

Immer wenn Wanda die alten Modefotos aus dem Stasi-Safe holte, um sie jemandem zu zeigen oder für sich zu sichten, erwiderte sie das Lächeln der Models, als seien sie leibhaftig mit im Raum. Dass sich diese toupierten Frauen bei den Anproben oder Auftritten in sozialistischen Grandhotels mit Zigarette inszenierten, nahm Wanda als ein Rauchzeichen: Nichts ist unmöglich für eine Frau mit gesichertem, eigenem Einkommen! Die karierte Ungeniertheit, mit der ein kleiner Ostrock über den Laufsteg des Palasts der Republik lief, verwandelte ihn in ein Fähnchen für den Weltfrieden. Einige von den schönen Models auf den Fotos waren sicher tot. Doch ihr Lächeln sagte: Egal, wären wir nicht tot, gäbe es uns nur etwas länger.

Was für eine Gegend, sagte Rieke, als sie sich noch einmal umdrehte. Sie waren die Feuertreppe hinauf und zurück zu Wandas Büro geklettert.

Ja, so eine für Krähen und Kondome, antwortete Wanda.

Rieke verzog den Mund und sagte: Nachts ist es hier bestimmt so dunkel wie unter der Erde, komm, lass uns endlich wieder reingehen.

In Wandas Büro lehnte sich Rieke mit dem Hintern ans Spülbecken. Dann ging sie auf ein Teetischchen zu. Drei Meißner Sammeltassen, einen Kopfhörer aus Bakelit sowie ein Paar blassrosa Rollschuhe hatte vor einiger Zeit eine ältere Frau aus Halle-Neustadt gegen die Kopie eines von Wanda unterzeichneten Objektaufnahmeformulars dagelassen. *Meine Mutter* hatte die Frau zu den blau-goldenen Tassen gesagt und *mein Mann* zu den Kopfhörern eines NVA-Funkers, an deren Steckern sie eine Weile noch herum genestelt hatte, bis sie die Rollschuhe als *Tochter Jenny* vorstellte, um mit einem *Ha, das war's dann schon* den Raum wieder zu verlassen.

Rieke beschaute die Objekte aus Halle-Neustadt. Wanda beschaute Rieke. Sie war ein junges, aber gleichzeitig altmodisches Mädchen und wie gemacht für Altar, Talar und Kanzel. Sie hatte etwas Fohlenhaftes und gleichzeitig etwas Weises, war aber nicht wirklich gläubig oder gar trostbedürftig wie die meisten.

Willst du tatsächlich Pastorin werden, Rieke,? fragte Wanda und nahm eine der blau-goldenen Tassen in die Hand.

Wieso fragst du, wegen Arian?

Wanda zeigte mit Tasse in der Hand auf die Knopfleiste von Riekes Bluse.

Ich habe immer gedacht, dass sich nur Frauen ohne Brüste in so einem Beruf durchsetzen können.

Wie hast du dich denn durchgesetzt, Wanda? Rieke lachte. Ihre Zähne waren schön und weiß und ebenmäßig wie die eines jungen Hundes.

Komm mit, sagte Wanda, komm mal mit runter ins Depotlager. Hast du einen Lippenstift dabei?

Wenige Minuten später kam Rieke über einen roten Läufer auf sie zu und nickte, als Wanda sagte, das Ganze soll kein nostalgisches, sondern ein autobiografisches Erzählen anregen. Eine Modenschau also, die etwas erzählt?, fragte Rieke nach und rieb sich ein Auge.

Ja, und gerade dieser gewagten Art des Erzählens will ich die Chance geben, über Erlebtes zu triumphieren.

Alles klar, sagte Rieke, aber hatte sie auch verstanden?

Warm war es nicht in der Lagerhalle. Aber nicht deswegen trug Rieke den Strickmantel mit Weißfuchsbesatz, den Wandas Mutter vor langer Zeit in dem eisigen sächsischen Winter auf der Kürschnermesse in Leipzig vorgeführt hatte. Wanda filmte sie mit dem Handy. Den Raum vor den Regalreihen, die mit alten Straßenschildern aus Berlin, Hauptstadt der DDR, nach Hermann Duncker und Otto Grotewohl benannt waren, hatte sie zuvor mit dem roten Läufer ausgelegt, um einen Laufsteg zu markieren. Kleine Rieke, dachte sie, alles an dir stimmt: das sichere Auftreten, der Gang dazu, du läufst rhythmisch und weißt, wohin mit deinem Kopf und deinem Blick. Wahrscheinlich bist du ein Naturtalent, oder du bist einfach nur verliebt, du kleine West-Rieke da im schicken Oststrick. Gerade jetzt, wo du im Fortgehen näher zu kommen scheinst, nachdem du knapp und professionell vor meinem Handy deine Kehrtwende mit langsamem Blick in die Kamera gemacht hast, ja, gerade jetzt erinnerst du mich an den Sommer 89, der mir präsenter und präsenter wird, je länger er vorbei ist – wahrscheinlich weil ich mir selber so oft davon erzähle. Nach Ungarn war die halbe Nachbarschaft damals abgehauen, sodass in diesem Hoyerswerda-Sommer noch weniger passiert ist als sonst. Nur heiße Luft flimmerte zwischen den Wohnblocks, während die Mutter und ich – trotz der Hitze draußen – drinnen im Bad mit offenen Haaren über brodelnden Töpfen hingen: zwei übrig gebliebene Hexen, die ihre eigene Suppe kochten. Wir batikten, aber nur Männerunterhemden. Knallrot, Maisgelb, Grasgrün, Kornblumenblau und Pink. Der Geruch nach Batikfarbe und eine Mutter im pink gefärbten Männerunterhemd, wie sie mit der Stimme von Honecker *Ja bin ich denn hier die Lichtausknipserin!!!* vom Balkon kreischt, werden für mich immer die letzten Bilder der DDR sein.

Wanda ließ das Handy sinken. Warte mal, Rieke, murmelte sie.

Mit der Schulter stieß sie Rieke an, bevor sie zwischen den Regalen Duncker- und Grotewohlstraße verschwand. Mit einer Diskobeleuchtung aus vierundzwanzig Trabischeinwerfern, verteilt auf vier Metall-Traversen, kam sie zurück. Jemand mit einer Sehnsucht, die erfinderisch macht, hatte Farbfolien hinter das Scheinwerferglas geschoben. Knallrot, Maisgelb, Grasgrün, Kornblumenblau. In Wandas Erinnerung waren es fünf Farben gewesen. Aber Pink fehlte bei der selbst gebastelten Diskobeleuchtung. Dieses gewisse Lichtausknipserinnenpink fehlte ihr in dem Moment so sehr wie ein gewisses Lächeln. Mein Lieblingsobjekt hier im Depot, sagte sie trotzdem zu Rieke und suchte eine Steckdose.

Witzig, sagte Rieke.

Licht flammte auf. Wanda machte eine Geste, als würde sie jeden Scheinwerfer einzeln wie den Solisten eines großen Orchesters vorstellen. Nachdem sie die Lampen auf den roten Läufer ausgerichtet hatte, schaukelten sie einen Moment rhythmisch vor sich hin, bis sie still hielten und mit geneigten Köpfen auf Riekes nächsten Auftritt warteten. Die Atmosphäre in der Lagerhalle hatte sich farblich verändert. Die Stimmung wurde ernst, obwohl Rieke gerade noch *witzig* gesagt hatte. Getaucht in einen Kessel aus buntem Licht zog sie langsam den Strickmantel aus und ließ ihn neben sich fallen. Darunter trug sie eine Kittelschürze. Jeder Kochfleck und jeder Fettspritzer konnten in dem Muster aus verschachtelten Waben untertauchen. Nach mehreren Drehungen, die mehr ein Schwenken als ein Drehen waren, stand Rieke still da in ihrem Dederonkittel, posierte wie festgeschraubt in einer Schönheit und gefühlten Nacktheit, die Wanda eigentlich nur von Pin-ups kannte.

Rieke hob die Arme. Keine Frau, ein Akt.

Hör auf damit, sagte Wanda, und Rieke ließ die Arme fallen. Sie griff nach dem Strickmantel am Boden, und die Welt wich zurück. Knapp wie ein Junge verbeugte sie sich. Als sie sich wieder aufgerichtet hatte, rieb sie die Knopfleiste des Kittels zwischen zwei Fingern.

Kenn ich, solche Klamotten, sagte sie, kenne ich aus Filmen zur Zeit der Weltwirtschaftskrise. Frauen, die so etwas tragen, sehen immer wie Ersatzteile aus.

Liegt vielleicht daran, dass du das Ding falsch rum trägst, sagte Wanda, die Knöpfe kommen nach hinten.

Wieso?

Design eben.

Nur wenn mal was umgekehrt ist, ist das dann schon Design?, fragte Rieke.

Nimm die Blödheit aus dem Gesicht, dachte Wanda, bückte sich und griff nach dem Kabel für die Trabischeinwerfer. So über sich selbst gebeugt merkte sie, sie könnte jetzt auch *früher hatten wir Hühner* sagen, statt irgendwas zu erklären. Rieke würde es so oder so nicht verstehen, genauer: Rieke würde s i e nicht verstehen. Schade. Zu jung und Westen eben. Ein Mäusehirn.

Still wurde es in dem Moment, aber nicht so still wie in einer Familie, in der gemeinsames Schweigen ein Zeichen von Vertrautheit sein kann.

Witzig, wiederholte Rieke hilflos, aber nichts wurde davon besser.

Das Wort *witzig* kroch den Trabischeinwerfern unter das Glas, machte ihr Licht fahl und die Folien albern. Es wehte wie schlechter Atem durch die Lagerhalle bis hinüber zu den Regalen Duncker und Grotewohl, wo es nicht mehr aufhören wollte zu sein und sich auf alles legte, was dort stand. Wanda schämte sich, ohne genau sagen zu können, warum. Mit einem Ruck zog sie den Stecker aus der Dose. Die Trabischeinwerfer erloschen, aber Riekes Gesicht glühte rot. Entschuldigung, entschuldige bitte, Wanda, sagte sie und lief eifrig zum Regal Grotewohl. Dort stand ein kleines, delfinblaues Metallschiff zwischen einem Stoffkosmetiktäschchen und einem Plattenspieler.

Schau mal, du Seebraut, sagte sie.

Gegen einen unsichtbar hohen Wellengang bewegte Rieke sich mit dem Ding in der Hand auf Wanda zu.

Schau doch, Wanda, schau …

Es war früher Nachmittag, als Rieke nach Hause kam. Ihre Toilette funktionierte nicht. An einem Karsamstag den Installateur oder die Hausverwaltung anzurufen, würde zwecklos sein. Kurz dachte sie daran, Matthias um Rat zu fragen. Der kannte sich sicher mit diesen Retro-Teilen aus. Wanda wahrscheinlich auch, aber sie würde sicher nicht vorbeikommen. Nicht nach heute Vormittag. Was Wanda wohl am Ende eines Tages wie diesem machen würde? Sport? Bratkartoffeln? Liebe? Ob sie sich manchmal anstrengen musste, glücklich zu sein, wie alle Leute, die schon älter waren?

Rieke stieg auf den Klodeckel und tastete den Rand des Spülkastens ab. Oft lag es am Schwimmer, hatte sie gehört. Mit dem Wort *Schwimmer* kam die Erinnerung an ihren Exfreund und den gemeinsamen Seeausflug im vergangenen Sommer zurück. Freudlos und mit den Füßen im Schilf hatten sie auf einem gemeinsamen Badehandtuch nahe der polnischen Grenze herumgelegen. Noch waren sie ein Paar gewesen, aber kein glückliches mehr.

Sechs Männer, alle jung, alle gute Schwimmer und alle mit den abstehenden Ohren von Seeräubern, die aufs offene Meer, aber nicht an einen Badesee gehörten, tauchten lärmend mit Schlauchboot auf, während Aaron und sie sich auf dem Badehandtuch heftig, aber mit gesenkten Stimmen stritten. In einer Sprache, die keiner verstand, und mit Körpern wie von fremder Sonne nackt gebrannt begannen die Seeräuber, im seichten Wasser zwischen den Kindern zu tollen. Eine deutsche Familie fing als Erste an einzupacken, dann ihre türkischen Nachbarn. Der Vater, der bis eben seine zwei kleinen Mädchen im flachen Wasser hatte Schwimmbewegungen üben lassen, rief sie zu sich, um sie verärgert und etwas hölzern abzutrocknen. Eins der Mädchen weinte und wollte nicht nach Hause. Hat denn hier keiner ein Papiertaschentuch?, rief da einer der Seeräuber auf Deutsch und ließ sich rückwärts vom Boot ins Wasser fallen. Er lachte dabei, und als er fiel, war für den Moment sehr wenig Umgebung um ihn oder eine, die nicht hierher gehörte, eine, in der man von hinten erschossen wird, während das Leben noch vor einem liegt. Papiertaschentuch? Nö!, hatte Rieke als Einzige geantwortet und sich gegen Aaron gelehnt. Der hob die Hand Richtung Seeräuber zum Gruß: Tut mir sehr leid, nein, leider, leider nein, sagte er. Immer war er umständlich, wenn er höflich sein wollte. Eines Tages würde er in Sozialpsychologie promovieren über *Die willkürliche Entstehung von Normalität*. Geboren war Aaron in Magdeburg, was er selten zugab. Er schämte sich dafür, obwohl er erst drei Monate alt gewesen war, als die Mauer fiel. Er schämte sich, weil seine Eltern sich für Magdeburg schämten und lieber so etwas Ähnliches wie *Marburg* murmelten, wenn jemand nach dem Herkunftsort fragte.

Die sechs Seeräuber hatten im seichten Wasser ein Ballspiel angefangen, genauer, sie versuchten, bewaffnet mit einem harten Ball, einander zu jagen und abzuschießen. Welche Sprache sprecht ihr eigentlich, wenn ihr nicht mit uns sprecht?, rief Rieke. Einer drehte sich zu ihr um. Tschetschenisch, sagte er und streckte die Faust in die Luft, Tschetschenien ist Heimat. Was für ein tierisch schöner Freibeuter, hatte sie gedacht, da würde ich mich doch glatt kapern lassen. Doch fest hatte sie sich bei dem Gedanken gegen Aaron gelehnt. Der war einfach da und auf gewohnte Weise nah wie Mutter und Bruder, mit denen sie im Haus am Kanal gelandet war, nachdem der Vater, der Herr Pastor, mit der Gemeindehelferin durchgebrannt war. Sie alle drei hatten keine Freunde in der neuen Straße gefunden. Feucht war die Wohnung, und der Nachbar hatte diesen flehenden Tierblick gehabt, sobald er Rieke sah. Aber das waren nicht die Gründe gewesen, von dort fortzugehen. An einem Sonntagnachmittag in einer fast menschenleeren Einkaufszone hatte sie mit einem Kaffeebecher von Starbucks in den Händen auf einer Bank vor H & M gesessen und begriffen, dass ab jetzt das Leben von ihr verlangte, ungestüm gelebt zu werden.

Da war sie fünfzehn.

Okay, du kannst gehen, wohin du willst, selbst nach Berlin, du kannst auch werden, was du willst, Hauptsache, du wirst glücklich damit, sagte die Mutter.

Und wenn ich Schauspielerin werde?

Von mir aus.

Und Terroristin?

Was sollte das mit Glück zu tun haben, Rieke?

Ach, Glück, was sollte das denn eigentlich sein? Was mit Alkohol? Auf dem gemeinsamen Badehandtuch hatte Aaron in dem Moment den Druck ihres Körpers gegen seinen erwidert. So ist das eben, sagte sie sich da, so ein Leben ist – doch mehr als ich glauben will – von dem bestimmt, was fehlt. Es wird von Lebenswegen bestimmt, die nicht gegangen wurden. Auch ich werde immer Vorstellungen von einem aufregenderen Leben an einem aufregenderen Ort mit einem irgendwie doch noch anderen, aufregenderen Menschen hegen. Das ist nichts Schlimmes, solange ich mir so ein Zuhause baue, das gut genug ist, und dieses ungelebte Leben nicht zu viel Macht über mich gewinnt?

Als hätte er ihre letzte Frage gehört, hatten Aaron und sie auf ihrem Badehandtuch einander angeschaut. In der Woche darauf trennten sie sich.

Auf Zehenspitzen balancierte Rieke auf ihrem Klodeckel und bewegte den Schwimmer im Spülkasten hin und her. Eigentlich war es schön hier im Märkischen Viertel und nicht weit von Wandas Depot entfernt, selbst wenn die Spülkästen im Bad nicht die neuesten waren und auch die Heizung ab und an ausfiel. Früher einmal sollte es entlang des Damms vor ihrer Haustür organisierte Busfahrten gegeben haben. Mit dem Versprechen *Ausflug in ein schlimmes Wohngebiet* lockten die Unternehmen Touristen an, um sie durch das Grau in Grau der Trabantenstadt zu kutschieren. Gefühlt waren die Ausflügler danach nicht am Stadtrand von Berlin, sondern in Moskau gewesen. Gelebt war eben, was man gefühlt hatte. Nachdenklich bewegte Rieke den Schwimmer. Falls er sich verklemmt hatte, mochte das helfen. Aaron hätte das technisch auch nicht besser gekonnt, und dass sie eines Tages Arian bitten würde, ihre Toilettenspülung zu richten, kam ihr so aberwitzig vor wie ein grünes Pferd, das vor der Apotheke kotzt. Sie stieg vom Klodeckel und zog an der Kette. Es rauschte, dann rauschte es nicht mehr. Was für eine rätselhafte Aufgabe es doch war, ein Leben zu führen.

Als gäbe es dieser Aufgabenstellung etwas bislang Ungedachtes hinzuzufügen, ging sie zu einem ihrer Fenster im zwölften Stock und schaute hinaus.

Im Haus gegenüber blickten kein Kühlschrank und kein Arian zurück, nein, nur die immer gleiche Frau erschien. War ihr Fenster offen, wurde es Sommer, klebte sie hinter der geschlossenen Scheibe, kam der Winter. Den ersten Zyklus hatte Rieke in diesem Viertel bereits hinter sich. Bald würden es zwei Mal Herbst und drei Mal Winter sein, dann vier oder fünf Mal Herbst und sechs oder sieben Mal Winter. Was würde dann sein? Jedenfalls musste sie heute noch ein Bananenbrot backen und bis Ende nächster Woche eine Übungspredigt schreiben. Der Erfolg beim Reparieren der Klospülung hatte Mut gemacht: Manchmal musste man auch Gedanken nur ein wenig hin und her bewegen, wenn sie sich verklemmt hatten. Was also machte eine gute Predigt aus? Wer predigte, musste oben auf der Kanzel nah bei sich und bei den Zuhörern bleiben. Wer predigte, muss eigentlich erzählen, nicht predigen.

Rieke ging zum Schreibtisch und klappte den Rechner auf.

Denn Jesus selbst war ein großer Erzähler, so wenigstens hatte es der Professor für Homiletik im Grundstudium gelehrt. Eine Predigt ist auch eine Ich-Erzählung, hatte er gesagt, und nicht nur die Auslegung der Bibel für den Sonntagsgottesdienst. Erzählen und Wunderheilungen sind die Kernkompetenzen von Jesus gewesen, und beide Fähigkeiten im Grunde gleich. Erzählen, hatte er gesagt, kann die Welt und deren Umstände verändern, aber auch den Kanon der Heiligen Schrift. Denn nur das Erzählen hält ihn lebendig.

Danach hatte der Professor von seinem Manuskript aufgeschaut und die letzten Sätze in der Stille des Hörsaals größer werden lassen.

Rieke griff nach ihrem rosa Heft auf dem Schreibtisch. Im Stehen blätterte sie die Notizen seit Weihnachten durch:

Frau, 59, hat sterbenden Mann zum Abschied nicht auf den Mund küssen können. *Er stand offen, der Mund.* (47 Min.)

Älterer Mann musste plötzlich auflegen. Ging ihm zwar schlecht, aber Handy piepte: *So ein Handy hat schließlich auch mal Hunger.* (5 Min.)

Mann, 30, einsam. *Darf ich bitte onanieren?* (57 Sekunden)

Mädchen, 16: Schwangerschaftstest auf der Schultoilette positiv. *Kann doch so nie mehr nach Hause gehen!* (16 Min.)

Mann, 72: *Regine ist tot.* (67 Min.)

Mann, 52: Elektromonteur / früher Kernkraftwerk / Spitzname Elvis. Hat Räumungsklage wegen zu lauter Musik. *Wie lange haben Sie denn heute Dienst, junge Frau?* (27 Min.)

Mädchen, 17: Zahnspange verloren. Alle Zähne wieder schief und verschoben. Weint: *Jetzt sehe ich wie ein ganz dummes Mädchen aus.* (9 Min.)

Rieke setzte sich. Ihr Heft bot Material genug für mindestens neunundneunzig Übungspredigten. Denn wer erzählen wollte, musste einfach nur eine Zeit lang zugehört haben. Sie fuhr den Rechner hoch.

Es war jetzt dunkel über der Trabantenstadt und dem Borsigwald, über dem Tegeler See, dem Mauerpark und der JVA, und irgendwo stand sicher ein Reh allein im Schatten der hereinbrechenden Nacht. Ein Reh wie Arian, aber ohne Bart. Sie sah auf. Die immer gleiche Frau von gegenüber hatte ihre Vorhänge aus den Siebzigern vorgezogen, durch deren Pfauenfedermuster ein wenig Licht ins Freie wollte. Als sie wieder ins rosa Heft schaute, blieb Riekes Blick an einer Notiz vom 22.12. des vergangenen Jahres hängen.

Tagsüber hatte sich die Sonne hinter dünnen Wolken herumgetrieben und ausgesehen wie ein Mond mit Schleier. Die Dunkelheit war früh gekommen und mit ihr die Ahnung, ziemlich allein auf der Welt zu sein. Der Abend war wie gemacht dafür, eine vergessene dunkle Kammer zu öffnen in ihrem sonst lichten Haus.

Sorgentelefon e. V., guten Abend, hatte Rieke gegen zwei in jener Nacht gesagt und gedacht, dass dies endlich ihr letztes Gespräch für heute sein würde. Eine Stimme antwortete, die ihr direkt in den Bauch griff.

Guten Abend, schöne Frau, ich will Ihnen etwas erzählen.

Kurz dachte sie: ein versteckter Sexanruf. Einen Moment später jedoch hing sie mit dem Mund an der Stimme dieses Mannes wie ein Fisch an der Angel.

Woher wollen Sie wissen, dass ich schön bin?, hatte sie halb freundlich, halb patzig antworten wollen, doch fragte sie wider alle Regeln von Sorgentelefon e. V.: Woher wollen Sie wissen, dass ich hier sitze und etwas erzählt bekommen will?

Erkenne ich sofort am Klang Ihrer Stimme, sagte der Mann, und warum sonst sind Sie da, wo Sie jetzt sind – am Telefon?

Ertappt!

Rieke lachte. Als es danach still in der Leitung wurde, war das gemeinsame Schweigen wie ein dünner Paravent zwischen ihnen und mit einem entschlossenen Handgriff wegzunehmen. Wie er wohl aussah? Sah er aus wie seine Stimme klang? Solche Männer riefen für gewöhnlich nicht bei Sorgentelefon e.V. an. Eigentlich nie. Doch der hier hatte sie bei den ersten Worten bereits angefasst und hilflos gemacht, sie, die eigentlich an ihrem Ende der Leitung saß, um zu helfen. Bibelworte schossen Rieke ungebeten durch den Kopf. *Herr, ich bin nicht würdig, dass du eingehst unter mein Dach, aber sprich nur ein Wort, so wird meine Seele gesund …*

Hallo, sind Sie noch da?

Aber ja, was wollen Sie denn erzählen?

Ahnen Sie das nicht?

Senkrecht und mit Ausrufezeichen hatte Rieke am Ende jenes Gesprächs das Wort *SEGNER* ins rosa Heft geschrieben. Niemand war an jenem Abend in der Küche oder telefonierte im Nebenzimmer. Niemand hatte sich im Büro des Dienststellenleiters vor der eigenen Schlaflosigkeit oder dem Weihnachtsrummel versteckt. Nur die zwei Neonröhren im Flur verbreiteten ihr ewiges Streulicht, was auch nichts Tröstliches hatte.

Wissen Sie, was ich am liebsten tue?

Nein, dachte Rieke, nein, jetzt nicht das. Dann muss ich das Gespräch sofort beenden.

Ich segne alle, sagte der Mann.

Als er den Begriff *segnen* ausgesprochen hatte, war das Wort wie eine Berührung und sie sofort beruhigt gewesen. Rieke glaubte jene Aura zu spüren, durch die Gott die Menschen ergreift – so wenigstens drückte es ihr Professor im Studium gern aus. Gott berührt im Segnen die Seelen der Menschen, hatte er vor Kurzem gesagt, und wenn die Situation es erlaubt, wird dies auch körperlich spürbar.

Segnen – ist das ein Beruf? Rieke tat ahnungslos.

Nein, von Beruf bin ich Lehrer an einer Abendschule.

Darüber also wollen Sie reden?

Nein, über meine Tochter.

Wie alt ist sie?

Sie wollte bei unserem letzten Treffen am Montag nicht mit mir ins Kino kommen, antwortete der Mann, obwohl Montag immer unser Tag ist.

Wie alt?, wiederholte Rieke.

Acht.

Ach, acht …

Sie wollte sich an dem Tag auch nicht segnen lassen, sagte der Mann.

Sie sind doch nur Lehrer, warum segnen Sie dann?

Was heißt hier *nur Lehrer*?

Ein Gefühl machte sich gegen ihren Willen in Rieke breit, das versuchte, keins zu sein. War die Vermutung bei seinem ersten *Guten Abend* die richtige gewesen?

Doch der Junge, sagte da der Mann, der bei meiner Tochter war, der ließ sich segnen. Erstarrt war er vom ersten Moment an, richtig erstarrt, verstehen Sie, so als hätte er eine Himmelfahrt erlebt.

Sind Sie etwa Charismatiker?

Studieren Sie Theologie?

Wie kommen Sie darauf?

Wer sonst kennt schon Charismatiker, sagte der Mann, ich übrigens habe mit denen nichts zu schaffen. Ich segne aus anderen Gründen.

Mit Sondererlaubnis von Gott oder vom Schulamt? Riekes Hände und Füße fühlten sich kalt und feucht an.

Ach, sagte der Mann leise, wer weiß.

Mögen Sie mir das mit dem Segen genauer erklären?, versuchte sie nachzuhaken, so wie sie es in der Ausbildung gelernt hatte.

Gestern zum Beispiel traf ich in der S-Bahn einen jungen Afrikaner und sah ein blaues Licht. Dieses dritte Licht signalisierte mir, dass ich die Seele des jungen Mannes heilen und ihn nach Hause begleiten könnte.

Das haben Sie gemacht?

Ja.

Drittes Licht, fragte Rieke, ist das nicht etwas esoterisch?

Nein blau, sagte ich doch.

Und wie sieht so ein Segen eigentlich aus?

Das wissen Sie nicht?

Nicht in Ihrem Fall, sagte Rieke und dachte, verschwinde einfach aus der Leitung! In ihrem Gedächtnis kramte sie nach den festen Sätzen, die der Ausbildungsleiter mit dem Perlenarmband dem Stuhlkreis mitgegeben hatte, um unliebsame Telefonate entschlossen zu beenden. *Konnte ich Ihnen ein wenig helfen?*, war einer der Vorschläge gewesen, aber den Satz brachte Rieke in diesem Fall nicht über die Lippen. Der Teufel war ihr soeben begegnet, sagte ihr eine innere Stimme, doch wer weiß schon, was da alles mitplappert, sobald eine innere Stimme spricht, die sich für die eigene ausgibt.

Wie alt sind Sie eigentlich?, fragte jetzt der Mann.

Was soll die Frage?

Er lachte, angenehm und ein wenig heiser wie zu Anfang.

Sie sind noch sehr jung. So kann ich sicher sein, Sie werden es noch erleben.

Was werde ich erleben?

Wie ein dummes Mädchen kam Rieke sich vor, das am Ende eines nichtssagenden Flirts gegen seinen Willen hinter einer Hecke geküsst wird von einem Kerl, der zwar ein Gehirn hat, aber keins, das ihm keine Wahl lässt.

Sie werden es noch erleben, wiederholte der Mann, in sechs Jahren bin ich Papst, und Sie werden sich dann genau an dieses Gespräch hier erinnern …

Okay, sagte Rieke, bis dann also – und gesegnete Weihnachten.

So eilig plötzlich?

Wir telefonieren schon ziemlich lange, sagte sie, andere wollen heute Nacht auch noch anrufen. Also, gesegnete Weihnachten wünsche ich Ihnen, und jetzt ist einfach Schluss hier.

Wieso?

Sie haben ja keine Ahnung, was ich schon alles kenne, sagte Rieke, und jetzt zum dritten und letzten Mal: Gesegnete Weihnachten!

Klingt wie ein Fluch, sagte der Mann, armes Kind.

Er atmete laut aus, stand plötzlich wie neben ihr, nistete sich in ihrem Gehörgang ein und verschwand dort.

Die Tür des Dienstzimmers war nur angelehnt. Synchron zu seinem Abgang schwoll das Sirren der zwei Neonröhren draußen im Flur an, bis es zum kosmischen Rauschen wurde. Was hatte der Teufel den beiden versprochen, dass sie jetzt einen Pakt mit ihm eingingen? Ein weniger hässliches Design, eine gediegenere Umgebung, magische Leuchtkräfte? Oder hatte er ihnen zugeflüstert, er könne ihr albernes Flirren in Seele verwandeln?

Rieke hatte aufgelegt und war in die Küche gegangen, ohne den Erfassungsbogen für die anonyme Statistik auszufüllen. Der Teufel hatte bei ihr angerufen, der Feind aller Seelen. Nichts, rein gar nichts nützte es ihr in dem Moment, ihn als etwas abzutun, das nicht existierte. Nichts half gegen ihn. Denn er war – wie Gott auch – das Gegenüber eines jeden Alleingesprächs. Auch bei ihr.

Im Türfach des Kühlschranks wartete eine einzige Flasche Bier, die schon seit Monaten dort stand. Aber gab es in diesen keuschen Einbauküchenschubladen auch etwas, womit sie sich öffnen ließ? Am Ende half sich Rieke mit einem Feuerzeug, das eigentlich für die Kerzen auf den Schreibtischen in Dienstzimmer 1 und 2 bestimmt war. Bei ihr brannte nie eine. Der Raum wurde ihr dann zu privat – oder das Gegenteil: zu sehr Kirche. Als die Flasche leer war, blies Rieke ihren Atem flach an der Öffnung des Halses vorbei. Das dumpfe Geräusch ähnelte dem Tuten von großen Schiffen, die vom Hafen Abschied nehmen oder gerade ankommen. Ein Trostbild war das gewesen – wenn auch nicht aus der eigenen, sondern aus Wandas Welt.

Am Schreibtisch im Märkischen Viertel schaute Rieke jetzt in ihrem zwölften Stock zum Fenster. Die Fledermäuse hatte sie für heute verpasst, die die Abende zwischen den hohen Häusern so zuverlässig und anmutig zerschnitten, als wäre dort etwas Gewisses. Sie schaute zu den Vorhängen aus den Siebzigern im erleuchteten Fenster gegenüber. Das Pfauenfedermuster bewegte sich leicht. Vielleicht sah die immer gleiche Frau durch einen Spalt zu ihr und sagte sich: Der jungen Frau da drüben, der geht es wie mir. Wer jetzt allein ist, wird es lange bleiben, wird wachen, lesen, viele Sätze schreiben.

Rieke überflog an ihrem Schreibtisch noch einmal die Unterstreichungen im rosa Heft:

Mann mit piepsendem Handy
Trauriges Ferkel
Schwangeres Mädchen auf Schultoilette
Mann mit toter Frau
Elektromonteur mit Räumungsklage
Zahnspangenmädchen
Und: Der *SEGNER*

Gute Besetzung für eine Übungspredigt, die ihr rosa Heft da vorschlug, fand Rieke, nachdem sie das *traurige Ferkel* gestrichen hatte. Mit ihm hatte sie eh nur kurz gesprochen.

Die legitimste Form des theologischen Redens ist immer noch die Nacherzählung, hatte der Professor für Homiletik gesagt, und keine Angst vor dem leeren Blatt, meine Damen und Herren! Das ist nur Textraum, den es zu erobern gilt wie eine leere Bühne.

Rieke stand auf und ging in ihre Küche. Auf dem Weg dorthin nahm jene leere Bühne in ihrem Kopf die Ausstattung eines Cafés an. Zwischen künstlichen Topfpflanzen und gepolsterten Stühlen in schmuddeligem Hellgrün, ähnlich denen von Gemeindesälen. Roch es nach Sozialkaufhaus? Wahrscheinlich.

Als Rieke ihren Küchenschrank öffnete, um die Zutaten für ein Bananenbrot herauszusuchen, hatte sie den Anfang ihrer Übungspredigt fertig.

Neulich war ich in einem Café, liebe Gemeinde, sagte sie zu den wenigen Gewürzen im unteren Fach. Es war ein früher Abend im Dezember und draußen längst dunkel. Nachdem ich mich allein an einen Zweiertisch beim Fenster gesetzt hatte, schaute ich auf die Straße. In der Scheibe, liebe Gemeinde, sah ich das traurige Café, in dem ich saß, noch einmal. Die Gesichter lösten sich nackter als am Tag voneinander, sobald die Gespräche stockten. Manches war schon ganz schief vor Müdigkeit. Was ist verloren, mit den Jahren verloren?, habe ich da gedacht. Die seelische Fähigkeit, sich Täuschungen zu überlassen? Ich möchte Ihnen jetzt jeden Tisch einzeln vorstellen, liebe Gemeinde, sagte Rieke laut und hob den Kopf. Draußen hatte sich das Laufgeräusch eines Schleifers gegen die Betonfassaden der Hochhäuser ringsherum geworfen, in denen seit Einbruch der Dunkelheit mehr und mehr kleine, hässliche gelbe Quadrate leuchteten, meistens da, wo die Küche war. Das Schleifgerät verstummte nach kurzer Zeit wieder, jedoch nicht ganz. Ein feines Sirren, ein hoher Ton, der eigentlich mehr Farbe als Klang war, blieb zurück.

Dieses Café, sagte Rieke in ihrer Küche laut, ist ein Ort für Leute mit wenig Geld, wenig Hoffnung auch, am Rand der Gesellschaft und längst unsichtbar. Kurz wollte ich nur bleiben, liebe Gemeinde, in diesem Café der Unsichtbaren. Denn wer weiß, ob Unsichtbarsein nicht ansteckend ist. Wieder schaute ich in die Fensterscheibe neben meinem Zweiertisch. Ich war noch sichtbar, aber all die anderen Unsichtbaren auch, liebe Gemeinde.

Rieke nahm zwei bräunliche Bananen aus dem Gemüsefach und schälte sie. Während sie sie mit der Gabel zerdrückte, überlegte sie, wie sie ihr Ensemble der Unsichtbaren im Raum verteilen sollte. Dem Elektromonteur mit der Räumungsklage wies sie den Nachbartisch zu. Während er in ihrem Kopf Platz nahm, nahm er auch die Züge von Matthias, und dieser fiktive Matthias nahm wiederum die Züge von Elvis an.

Bevor Matthias früh an diesem Karsamstagabend in seinen Schlafsack kroch, grübelte er über das billige Holz unter seinen nackten Füßen nach, das weder gewachst noch lackiert noch gut geschliffen, sondern nur abgenutzt war. Es knisterte förmlich vor Trockenheit, und Linoleum schien ihm noch immer ein guter Bodenbelag zu sein. Die Farbe würde er Emilia aussuchen lassen.

Wanda lag um die Zeit auf dem Sofa, trank Tee, knackte mit den Zehen und ärgerte sich längst nicht mehr über den Vormittag mit Rieke. Was wusste die kleine Protestantin aus dem Westen davon, wie nah Kinderwald und Grenzwald beieinanderliegen konnten. Was wusste sie von dem Land, damals, um ein Hoyerswerda herum, wo die umgestürzten Apfelbäume an den Bahndämmen im Liegen einfach weitermachten. Wer im Westen versuchte, von jener Vergangenheit zu erzählen, war selten dabei gewesen. Wer im Osten dabei gewesen war, hatte oft nichts mehr dazu zu sagen.

Marianne rief kurz nach 22.00 Uhr bei Wanda an.

Übrigens, weißt du, ob Matthias morgen zum Osterfrühstück kommt? Ist er auch bei Lorentz eingeladen?

Wieso?

Wegen Lorentz, sagte Marianne.

Wieso?

Die mögen sich nicht.

Okay, aber dann wäre Lorentz wirklich kleinlich, sagte Wanda.

Ach der, sagte Marianne und goss sich ein drittes Gläschen selbstgemachten Eierlikör ein, denn heute war sie sehr mutig gewesen.

Sie hatte auf der Straße einen fremden Hund gestreichelt. So etwas hatte sie noch nie getan, und jetzt hoffte sie, dass der Hund sie mochte.

Lorentz war an diesem Karsamstag lange noch mit dem Rad unterwegs gewesen und hatte einen Feiertagsausflug entlang des Flüsschens Panke gemacht, das von Pankow aus nach Mitte floss, um in der Spree unterzutauchen. Auf seiner Tour traf er Bisamratten und Graureiher, Familien, Verrückte und viele Frauen. Die meisten kamen ihm schön vor, auch wenn sie einen Kinderwagen schoben oder aggressive Pirouetten mit einem Einkaufswagen drehten, in dem sich ihr Hausstand ohne dazugehöriges Heim stapelte. In einem Späti kaufte Lorentz sich ein Bier, dann noch eins, um die Rückkehr nach Hause hinauszuzögern, denn seitdem vor Monaten seine Katze verschwunden war, lag er nachts allein im Bett.

Emilia saß bis halb zwei mit Freundinnen in einer Roofbar hoch über dem Stadtzentrum. Erst sprachen sie zu dritt schlecht über eine vierte, die nicht hatte kommen können, bis Emilia meinte: Mensch, was haben wir eigentlich gegen sie, hat sie einer von uns etwa in der Nase gebohrt? Die Frauen wechselten das Thema und erzählten einander Sachen von früher. Meistens waren es schreckliche. Beim letzten Streit, sagte Emilia, bevor sie sich einen letzten Drink bestellte, da war ich mit dem dritten Kind im fünften Monat schwanger und habe eine halbe Stunde lang grün und blau vor meiner Wohnungstür gelegen. Dann habe ich die Zwillinge ins Auto gepackt und über Abtreibung nachgedacht, während ich lange durch die Stadt und am Ende zu meiner Mutter gefahren bin, die mir aber auch nicht groß helfen konnte. Sie ist ja auch nur eine Frau.

Als es an Riekes Wohnungstür geklingelt hatte, war sie hingelaufen, ohne Licht in der Diele zu machen. Fast wäre sie dabei über Tisch 7 gestolpert, den sie soeben in ihrem *Café der Unsichtbaren* für einen alten Mann eingedeckt hatte. Als sie die Tür öffnete, war Nacht dort, wo eigentlich ein Treppenhaus sein sollte, und als sie verwundert und ein wenig ängstlich Luft aus dem Mund strömen ließ, klang das wie ein geplatzter Fahrradreifen. Langsam, sehr langsam schälte sich aus der Dunkelheit des Hausflurs eine Gestalt, deren Bewegungen etwas Anmutiges, etwas Selbstbewusstes und etwas Scheues zugleich hatten – so wie bei dem Fuchs, den sie zwei Nächte zuvor auf ihrem Weg zum Dienst getroffen hatte. Sie tastete nach dem Lichtschalter in der Diele. Eine Glühbirne, die noch von ihrer Vormieterin war, flammte auf.

Darf ich?, fragte der Mann, der nach dem Dienst unter der Hochbahn auf sie gewartet und mit seiner Zigarette ein rotes Loch in die Nacht gegraben hatte. Für sie.

Es riecht bei dir nach Banane, sagte Arian, darf ich reinkommen?

Und ich?

Ich, die ich um diese Uhrzeit oft durch das innere Wäldchen des Alters laufe, habe mich an Belgien erinnert. Mit leerem Tank sind wir damals in diesem Dorf gestrandet. Die Nacht haben wir bei dem Bauern geschlafen, mein Carl und ich. In der Dämmerung sind wir noch einmal an unserem Auto vorbeispaziert, um ihm zu versprechen, dass wir morgen weiterfahren nach Paris. Es parkte am Straßenrand unter einem alten Birnbaum. Als wir kurz dort stehen bleiben, weil mein Mann Carl, der bald an einer Westberliner Hausecke erschossen werden wird, seine Zigaretten sucht, pflücke ich eine der unreifen Birnen vom Baum und beiße hinein. Ich merke, dass ich die schönen milchkaffeebraunen belgischen Pferde unten beim Bach zwar nicht mehr wie bei unserer Ankunft sehen, aber doch äsen hören kann. Still ist die Dorfstraße, still, bis auf dieses eine Geräusch, und Tropfen von einem plötzlichen Regen, der soeben erst aufgehört hat, hängen wie Perlen an den Wäschespinnen der Vorgärten. Beim Ortsausgang gibt es drei Gasthöfe, zwei stehen zum Verkauf. Der dritte hat geöffnet. Ich werfe die angebissene Birne weg. Eine Wirtin spült Gläser unter dem Neonlicht ihres Tresens. Die Gäste, lauter ältere Männer, sitzen an einem langen Tisch ohne Decke, essen Endivienpüree, und meine Sandalen schlagen in ihrem misstrauischen Schweigen sehr laut gegen die bloßen Fersen. Damals ging ich noch mit nackten Füßen in offenen Schuhen. Nun nicht mehr. Meine Zehen sind hässlich, aber nicht nur die. Mit den Jahren bin ich dünn geworden, so dünn, dass ich die Hüftknochen spüre, wenn ich auf der Seite liege. Alles schrumpelt, schrumpft und verfällt Richtung Erde. Nichts sitzt mehr richtig da, wo es hingehört, auch mein Gebiss nicht. Oft denke ich an den Tod. Er ist längst um mich und will sich zwischen mich und die anderen Menschen drängen, denn er ist einsam. Ich bin es nicht. Solange ich noch erzählen kann, habe ich das Geräusch der Zeit um mich, in der wir alle leben. Der Tod aber ist immer allein. Manchmal frage ich mich, ob ich schon einmal mit ihm telefoniert habe. Aber wann schon ruft der Tod beim Sorgentelefon an? Als ich noch klein war, bin ich ihm oft im Vorratskeller unten im Haus meiner Eltern begegnet. Er hockte bei den Kartoffeln und fingerte mit langen, dünnen, bleichen Keimen durch die Holzlatten nach mir. Doch jetzt ist der Tod keine rohe Zuspeise im Dunkel eines Kellers mehr. Er ist der, der immer wegschaut, sobald ich ihn sehe. Ihm zuliebe tue ich jetzt so, als sei er nicht da. Als gäbe es auf der Welt für mich in diesem Moment nur die zwei Osterglocken in ihren Plastiktöpfen, die ich morgen mit zu Lorentz nehmen werde. Ich werde sie wässern und dann schlafen gehen.

OSTERSONNTAG

Matthias wartete an diesem Ostersonntag sehnsüchtig auf den Sommer, aber nicht, um in Urlaub fahren, sondern um im fünften Jahr ein Tourneetheater zu begleiten, das open air auf Markplätzen und in Parks spielte, immer mit einem neuen Shakespeare-Stück und dem immer gleichen alten Matthias als Techniker dabei. Das Theaterleben gab ihm das Gefühl, einmal im Jahr kein Sofamensch, sondern ein Wandermensch unter Wandermenschen zu sein, obwohl er spürte, er war dabei, ohne wirklich dazuzugehören. Doch wer immerhin nicht saß, sondern ging, kam weiter.

An jedem Ort war das gleiche Stück anders, weil die Zuschauer anders waren. In einem Punkt jedoch waren sie alle und überall gleich. Egal, ob selbstbewusste Ärztinnen, Restaurantbesitzer, die an dem Abend freihatten, Versicherungsangestellte oder der Chef vom örtlichen Abschleppdienst, sie alle hatten mehr Spaß, sobald sie im Freien saßen. Theater mit Himmel war besser als Theater ohne Himmel. Matthias war für Auf- und Abbau zuständig. Der Bühnenbildner selbst ging nie mit auf Reisen. So stand er an dessen Stelle mit Zollstock, Schraubenzieher, Taschenlampe, Gaffaband vor jeder Vorstellung da, immer bereit, noch einmal Hand anzulegen. Zog es in solchen Momenten einen der Lichttechniker mit oder ohne Bier zum Pult, um im Schnelldurchlauf die Lichtstände zu überprüfen, badete Matthias allein zwischen leeren Zuschauerplätzen oder manchmal sogar auf der Bühne in den wechselnden Stimmungen und zählte sie mit.

Die Vier in fünf Sekunden: Auftritt König Lear, hintere Gasse.

Die Zweiundzwanzig in zehn Sekunden: Lichtbahn mittig für langsamen Gang von Lears Töchtern zur Rampe.

Die Einhundertzweiundzwanzig in drei Sekunden: Applaus.

Das Stück ließ sich für ihn, den seine alte Cargo-Hose eigentlich mehr interessierte als Shakespeare, knapp, pragmatisch und in der einfachen Sprache des Lichts nacherzählen. Von Rot bis Schoko, von Grün bis Blau, sagte er sich, während die einzelnen Lichtstände aufflammten, ja, das bin ich, immer auf der Suche nach stimmungsvollen Veränderungen und einer Frau. In seinem ersten Jahr hatte es wegen eines Unfalls gleich nach der Premiere eine Umbesetzung gegeben. Die Neue, die die Rolle woanders schon einmal gespielt hatte, probte mit dem Ensemble Tag und Nacht. Zwei Abendvorstellungen fielen für die Durchläufe aus. Wir brauchen noch aktuelle Aufführungsfotos mit ihr, sagte der Geschäftsführer.

Ich könnte …, meldete sich Matthias, es könnte sein, dass ich das könnte. Menschen fotografieren, die im Spiel andere werden, plötzlich ganz andere sind, hatte er schon lange gewollt, und wie gern hätte er damals im Knast bereits bei den Proben zu *Ödipus* den Sohn und vor allem aber dessen verführerische Mutter abgelichtet – einen tätowierten Mann, mit dem Matthias die Zelle geteilt hatte.

Wenn du meinst, dass du das kannst, dann mach hinne, sagte der Geschäftsführer, nachdem Matthias sich für den Fotografenjob gemeldet hatte. Mit seiner Kamera hatte er sich bei der nächsten Probe vor der Bühne auf den Bauch gelegt, um sich keine Perspektive auf die Neue entgehen zu lassen. Auf den Fotos wurde sichtbar, dass sie noch zu oft auf der Suche nach dem Text war, aber auch, was Fotos ausmachte. Immer standen sie unter dem Schock der angehaltenen Zeit. Sogar von ihrem Ohr, das ungewöhnlich groß war für das einer Frau, glaubte Matthias Bescheidenheit ablesen zu können. Im sommerlichen Sonnenlicht stand die Neue da, ein heller Fleck im Kontrast zu den schwarzen Soldatenmänteln der Kollegen, lauter Männer, die mit einer gewissen Schwerfälligkeit darauf warteten, dass sie ihr Stichwort bekamen. Die mangelnde Konzentration ihrer Mitspieler machte das Gesicht der Neuen finster, trotzdem, etwas machte sie auch stärker als die anderen. War es die Anmut? Wenn sie in die Ferne schaute, konzentrierte sich die Luft zu einem unsichtbaren Wattebausch zwischen Kinn und Hals. Ob Anmut ein chemisches Geheimnis hatte? Auch eine gewisse Bereitwilligkeit, etwas hinzunehmen, machte sie stark. Zwar war sie mit den anderen auf einer Bühne und wechselte mit ihnen den vereinbarten Text, aber ihr Blick ging durch sie hindurch in ebenjene Ferne, die sagte: Komm zurück!

Ich bin eigentlich diszipliniert wie ein Zirkuspferd, vor allem wenn ich labile Frauen spiele, sagte sie, als Matthias ihr die Fotos vom ersten Durchlauf zeigte, aber als junge Schauspielerin war ich Anarchistin.

Er lud sie zum Eis ein. Der Ort, an dem sie gastierten, hatte einmal an der deutsch-deutschen Grenze gelegen. Beide aßen sie einen Krokantbecher. Auf dem dritten Stuhl am Tisch lag seine Kamera. Ja, sie war einmal Anarchistin gewesen, aber er hatte die Kamera.

Matthias' Fotos wurden vom Geschäftsführer abgelehnt.

Du bist einfach zu langsam, Matthias, das sieht man deutlich auf den Fotos hier.

Wieso, ich bin doch gar nicht auf den Bildern drauf?

Der Geschäftsführer zog eine Packung Zigaretten aus der Tasche und bot ihm keine an, aber sagte: Du drückst immer zu früh oder zu spät ab, Matthias, du bist einfach nicht auf der Höhe der Zeit.

Wo bitte sollte das sein: *auf der Höhe der Zeit*? Meinte der Geschäftsführer damit die stündlichen Nachrichten im Radio oder die Welt zwischen den Nachrichten?

An diesem Ostersonntag, an dem er so sehnsüchtig auf den Sommer wartete, hing Matthias bis zur Hüfte und hoch über der Straße aus dem Fenster seines Tageslichtbads. Wie selbstverständlich alle dort unten entlanggingen, nur die Hunde liefen ein wenig schräg, als trauten sie dem Weg nicht, der vor ihnen lag. Den Vertrag für die nächste Tournee hatte er bereits unterschrieben, obwohl sein Kopf zum Stein und sein Bauchfell zur Gardine werden mochten, wenn er am ersten Aufbautag auf den Geschäftsführer zugehen und ihn begrüßen müssen würde. Doch nur wer ging, kam weiter. Wie weit war es wohl zu Fuß von hier bis zur Frankfurter Allee?

Matthias zog sein blaues Hemd an, das taubenblaue. Es war sein bestes.

Ich war an diesem Ostersonntag als Erste bei Lorentz in der Frankfurter Allee angekommen und öffnete allen die Tür, weil er noch mit Tischdecken beschäftigt war. Marianne kam mit einem Fläschchen selbstgemachtem Eierlikör. Rieke brachte Bananenbrot, das zu fest geraten war und wie ein Riegel geklumpter Erdnüsse in der Alufolie lag. Wanda schob zwei Flaschen Rotkäppchen-Sekt in Lorentz' Eisfach und zwei handbemalte Osterhasen aus dem Erzgebirge auf das Gewürzregal, wo bereits meine zwei Osterglocken im Plastiktopf standen. Lorentz hatte Kartoffelsalat mit Würstchen in einer Schüssel aus den Sechzigern vorbereitet, und Emilia im geblümten Kleid, das ihre Sanduhrfigur betonte, stellte Kuttelsuppe auf den Herd. Den Topf müsse sie nachher wieder mitnehmen, wenn Matthias sie abholen komme, sagte sie mit einem gutherzigen Lächeln in meine Richtung. Aha, meinte Lorentz dazu, und alle setzten sich an seinen runden Mahagoni-Tisch. Eine Bildbeschriftung wie *Zur schönen Aussicht* hätte Lorentz rechts unten neben dem Rahmen seines hohen Fensters anbringen können. Draußen kreuzte die Prachtallee der ehemaligen Hauptstadt der DDR eine andere breite, doch weniger prächtige Straße, die Richtung Norden Petersburger und Richtung Süden Warschauer hieß. Wanda wollte wissen, warum man eigentlich gerade hier eine Wohnung kaufte. Emilia lächelte noch immer gutherzig. Lorentz schlug die Beine übereinander und wippte mit dem Fuß, der in der Luft hing. Er trug Lederpantoffeln.

Weißt du doch, Wanda, das habe ich längst erzählt.

Fragend schaute Lorentz in die Runde. Alle schauten zurück. Keiner sagte etwas.

Ich habe wegen der Architektur hier gekauft, Wanda.

Architektur? Wanda musterte Lorentz wie das Kleingedruckte eines Bausparvertrags, das zu lesen sie keine Lust hatte. Emilia nahm das Lächeln aus dem Gesicht und ging zum Kühlschrank, um die erste Flasche Sekt aus dem Eisfach zu holen. Während Marianne hinter ihr hersah, sagte sie: Ach ja, man muss ja nicht über alles reden.

Niemand fragte, warum Matthias nicht eingeladen war, auch ich nicht, und rasch war die zweite Flasche Sekt auf dem Tisch.

Aufs Meer hinausschauen, das könne sie eine Ewigkeit und ohne dass ihr langweilig werde, berichtete Wanda aus ihrer Seefahrerinnenzeit. Gern habe sie sich auf die Brücke oder an die Reling gestellt, Musik gehört und ins Wasser gestarrt, während ihre Vorgesetzten den ganzen Tag Vorhänge vor ihre Kabinenbullaugen zogen, weil sie das Meer nicht mehr sehen konnten. Der Rest der Besatzung hatte sowieso keinen Ausblick ins Weite, Freie, denn Fenster gab es bei Kriegsschiffen außerhalb der Brücke nicht. Wandas Kameraden lungerten in der freien Zeit bei der einzigen Tischtennisplatte an Bord herum oder hockten im Aufenthaltsraum, tranken Bier und schauten Filme. Lustige Filme, die die wenigen Frauen an Bord gar nicht so lustig fanden. Auf hoher See gab es wenig zu tun, und Zeit wurde rasch zur boshaften Ewigkeit. Ganz anders hingegen sahen die wechselvollen, aber anstrengenden Revierfahrten an der Küste entlang aus, mit Halt in vielen Häfen, sagte Wanda, da war ich froh, wenn ich tagsüber ein paar Minuten allein an Deck einen Apfel essen konnte. Warum habe ich damals eigentlich kein Tagebuch geschrieben?

Wanda sah bei der Frage mich an und gestand, Logbuch habe sie mit großem Vergnügen geführt. Wetterdaten, besondere Vorkommnisse, Sicherheitsübungen, Positionsangaben, Defekte und Reparaturen habe sie mit Leidenschaft festgehalten. Einmal allerdings habe sie zu viel getrunken und an dem Abend nicht ins Logbuch geschrieben, sondern gedichtet, worauf einer von diesen Offizieren, die erst mit neunzig sterben, sie tags drauf zur Rede gestellt habe.

Wanda unterbrach sich.

Wieso lachst du jetzt, von Schrey, du bist ja nicht mal achtzig.

Weißt du dein Gedicht noch auswendig, Wanda?, wollte ich wissen und beugte mich vor. Wanda ebenso, aber sie sah niemanden an, während sie leise sagte:

Es hat nicht lange geregnet
Geregnet hat es lange nicht
Trotzdem
Himmel bedeckt
Man sieht nicht die Maschine
Die man
Hört.

Ach ja, sagte Marianne, sehr schön. Sie ging zur Toilette. Emilia klatschte, und Lorentz suchte bereits nach dem nächsten Gesprächsfaden.

Warum war Rieke rot geworden, fragte ich mich? Hatte nur sie gemerkt, da wusch eine öffentlich ihr Herz, indem sie vor aller Ohren ein Gedicht aufsagte, das sie selber geschrieben hatte? Schrieb Rieke eigentlich auch? Und wenn ja, warum sollte sie das tun? Warum überhaupt fängt eine eines Tages an zu schreiben? Weil sie Geld verdienen oder weil sie sterben muss?

Ich weiß das nicht zu sagen. Ich schreibe nicht, ich erzähle ja nur.

Ich lehnte mich zurück und irgendwann wieder vor. In Zeitlupe umfassten die verschränkten Finger meine Knie. Auf der Mitte des Tischs stand ein Schälchen mit ungeschälten Erdnüssen. Ich sah Lorentz an, zog es zu mir heran und knackte eine Nuss. Er beachtete mich nicht. Längst war ich an den Rand des Gesprächs geraten und unsichtbar, weil ich schwieg. So war es schon im Stuhlkreis während der Ausbildung oft gewesen. Wenn du noch länger schweigst, von Schrey, hatte ich mir bei den Treffen oft gesagt, dann bist du beim nächsten Mal sogar deinen Stuhl los. Wahrscheinlich lag es am Alter, dass ich mich mehr und mehr im Schweigen einrichtete, und so war ich – wahrscheinlich – nicht nur den anderen, sondern auch mir selbst nicht mehr so zugänglich wie früher. Das war immer so, wahrscheinlich. Der Mensch verabschiedet sich von sich selbst, bevor andere sich spürbar von ihm verabschieden. Er drückt sich hinein in die Unsichtbarkeit und erleichtert sich so das, was ihm ohnehin bald widerfahren wird. Nein, ganz sicher widerfahren muss.

Prost! Jeder bekommt die Anrufer, die er verdient, rief Lorentz in dem Moment, und ich hob mein Glas, aus dem ich noch nicht getrunken hatte.

Stimmt, murmelte ich, bei mir häufen sich die Schweigeanrufe.

Bei mir, sagte Emilia und warf das Haar zurück, bei mir ist das so, ich habe 30 % junge Männer, die ihre minderjährige Freundin geschwängert haben, dann ungefähr 15 % Frauen, die sich gestalkt fühlen, selbst wenn ihnen jemand nur auf der Straße die Zunge herausstreckt. 40 % meiner Anruferinnen wollen über häusliche und sexuelle Gewalt reden. 20 % aller Frauen machen am Telefon das Gänseblümchenspiel mit mir und zupfen unsichtbare Blätter von einer unsichtbaren Blume: Er liebt mich, er liebt mich nicht, er liebt mich.

Ratlos sah Emilia in die Runde und fragte: Bin ich nicht schon längst bei 100 %?

Bei jeder Prozentzahl hatte sie einen ihrer Finger gefährlich weit

Richtung Handrücken gebogen, sodass ich dachte, wahrscheinlich kann sie auch aus dem Stand einen Spagat, weil sie Bindegewebsschwäche hat, und wahrscheinlich rechnet sie genau so auf der Bank ihrer Kundschaft den Nutzen gewisser Geldanlagen vor, weil sie noch eine ganz andere Schwäche hat. Ich griff nach einer nächsten Erdnuss und knackte sie.

Übrigens, rief Lorentz in die Runde, bei mir legen viele auf, sobald ich mich melde.

Die kennen deine Stimme noch aus dem Fernsehen und nehmen an, sie haben sich verwählt, sagte Wanda.

Wieder knackte ich eine Nuss. Eigentlich waren die meisten, die anriefen, in tiefer Not, doch oft ohne ein fassbares Problem oder dringliche, dramatische Konflikte, sagten mir meine zwei Jahre Ehrenamt bei Sorgentelefon e. V. Sie waren einfach nur ausgemusterte, angeknackste, zerkratzte Schallplatten, denen keine B-Seite mehr zur Verfügung stand, wenn sie ihre Not noch einmal wenden wollten. Zu solchen Menschen setzte man sich am besten mit in ihr dunkles Loch, hielt es eine Zeit lang mit ihnen dort aus und sagte nach einer zähen Stunde vielleicht: Ach, wissen Sie, Sie haben mich überzeugt, mir fällt nun auch nichts mehr ein. Aber ich bin für Sie da.

Ein Mal hat jemand mir kurz vor so einer sanften Kapitulation zugerufen: Ja, wissen Sie, Sie haben recht, immer nur von sich zu erzählen, macht geistig behindert!

Was wäre stattdessen möglich?, habe ich gefragt.

Können Sie mir nicht einfach die Sportseite aus der Zeitung von heute vorlesen?, ist da zur Antwort gekommen.

Ich sah zu Rieke. Sie schloss gerade die Augen. Das Gerede bei Lorentz hatte sie müder gemacht als der Alkohol, den sie höflich mittrank. Rieke mochte keinen Sekt. Doch gleich nach der ersten Flasche hatte die nächste neben einer komischen Vase auf Lorentz' Mahagoni-Tisch gestanden.

Eine echte Rauchglasvase, hatte Marianne, die noch immer auf der Toilette war, beim Hereinkommen gerufen. Die Vase war eher dick als zart und von einem dunklen Grauton. Marianne hatte sie wie ein Baby hochgehoben.

Genau so eine hat meine Mutter von meinem Vater zur Verlobung bekommen! Interessant, hatte Rieke als Einzige geantwortet, obwohl gerade sie am wenigsten mit Ereignissen etwas anfangen konnte, die sogar noch vor Mariannes Geburt lagen. Außerdem, wer wie Rieke in den verklemmten Zeiten nicht dabei gewesen war, wusste nicht, worüber eine eigentlich reden wollte, wenn sie von *Rauchglas* sprach. Plötzlich hatte eine seltsame Stille die Szene umgeben, als fände sie nicht im Frühling und jetzt statt, sondern bei ewigem Schnee. Nicht das geringste Lebenszeichen eines anderen Menschen deutete an, dass Marianne nicht ganz allein war auf der Welt, bis Lorentz das Schweigen unterbrochen hatte: Der Trump Tower an der 5th Avenue in New York, hat der nicht auch Fenster aus braunem Rauchglas, Marianne?, fragte er und nahm ihr die Vase aus der Hand. Nicht wie eine gestandene Frau mit eigenem Einkommen und eigenen Ansichten sah Marianne da aus, sondern wie eine Halbwüchsige mit blasser Haut und großer Schleife im Haar, die in ihrer Vorstadt sich daran gewöhnt hat, Angst zu haben.

Rauchglas an den Fenstern des Trump Tower, ist das so?, hatte sie gefragt.

Warum blieb Marianne so lange auf der Toilette? Dachte sie dort nach? Und warum hatte Rieke angefangen, mit geschlossenen Augen einen Text zu sprechen? Hatte jemand sie darum gebeten, oder hatte ich mich in den letzten Minuten mal wieder in meinem inneren Wäldchen des Alters verlaufen und etwas nicht mitgekriegt? Warum passierte das nun immer häufiger?

Herr, schenke mir die Liebe, damit ich Gott kenne / Herr, lehre mich, den inneren Menschen von dem äußeren Menschen zu un-

terscheiden / Herr, schenke mir Gesundheit, und wenn du sie mir nimmst, gib mir die Kraft, dem Schmerz begegnen zu können, wie eines Tages auch dem Tod / Herr, wir haben uns von Anbeginn an geduzt, lass es für alle Ewigkeit so bleiben, sagte Rieke.

Im Flur schlug die Toilettentür. Rieke öffnete die Augen und starrte auf das Häufchen Erdnussschalen vor mir auf dem Tisch.

So etwas sagst du am Telefon?, fragte jemand und räusperte sich.

Klar, antwortete sie, falls nötig, erfinde ich auch einen Psalm, eine Fürbitte oder sogar die Bibellosungen des Tages.

Erfindest du manchmal auch ganze Geschichten?, hätte ich sie gern gefragt. Eine meiner aufsässigen grauen Haarsträhnen fiel mir ins Gesicht, während ich mit dem Finger zwischen den Erdnussschalen meine Kreise zog und an die wenigen Male dachte, bei denen ich selbst aus einem eigenen dunklen Loch heraus beinahe die Nummer des Sorgentelefons gewählt hatte. Ich schob die Unterlippe vor und blies die Strähne fort, wie ich es mit siebzehn gemacht habe, und merkte, mein ganzer Körper imitierte dabei die Haltung der Siebzehnjährigen, die ich einmal gewesen bin. Alle schauten zu Rieke, ich aber sah zum Licht. Warum eigentlich fiel es an diesem Ostern so silbrig und noch winterlich durch das hohe Fenster in Lorentz' Zimmer? War das eine Botschaft? Sollte das Licht etwa nur da sein, weil ich es sah? Oder wäre ich nicht da, wenn das Licht da drüben mich nicht sähe?

Marianne war von der Toilette zurückgekommen und stand eine Weile schon mit den zwei Osterhasen aus dem Erzgebirge im Türrahmen. Jetzt platzierte sie sie auf Lorentz' Mahagoni-Tisch, damit auch sie den schönen Ausblick auf eine große Stadt genießen durften. Sie sagte: Du wirst eine gute, wenn auch nicht sehr gläubige Pastorin werden, Rieke, die Menschen mögen dich, aber mich mögen sie auch. Neulich hat im Dienst eine ältere Dame aus dem Rheinland zu mir gemeint, bleiben Sie so nett, wie Sie sind, egal, wer Sie heute und in Zukunft noch anruft.

Kannst du zaubern?, fragte Lorentz, das hat zu mir noch niemand gesagt.

Zaubern, wiederholte Marianne. Ein blauer und grüner Schein tanzte in Mariannes Augen. Er stand ihr gut. Überhaupt stand es ihr gut, wie sie da im Türrahmen in ihrer durchsichtigen Blase des Augenblicks verweilte, bis sie sagte, nein, ich kann nicht zaubern, Lorentz, aber ich habe der Rheinländerin einfach nur geraten, was sie eh wollte, nämlich zurück an den Rhein zu ziehen.

Wohin genau?, fragte Lorentz.

Krefeld.

Krefeld, wiederholte er und lachte. Krefeld, das ist nachts die schönste Stadt der Welt. Er stand auf und holte die Flasche mit Mariannes Eierlikör.

Ach Lorentz!

Lorentz ist ein kleiner, etwas quadratischer Mann. Ich sehe ihn an und denke an einen Pinienzapfen, der jederzeit explodieren kann, wenn ihm zu heiß wird. Fast vierzig Jahre seines Lebens hat er an der Berliner Promenade verbracht – in einer nicht besonders großen Großstadt, doch am Ufer eines Flusses. Sein Appartement lag in einer Reihe gesichtsloser Neubauten, die zum größten Teil an Läden oder Büros vermietet waren. Auf Flussniveau unter seinem Fenster befand sich eine Straße, die am Ende nur noch als Gasse in einer Tiefgarage versackte. Eine Fußgängerzone verlief ebenfalls auf seiner Seite des Flusses, und eine Autobahn versaute das gegenüberliegende Ufer. Nachts jedoch rauschte sie für ihn wie das Meer. Ursprünglich hat er, der promovierte Physiker, in einem Institut für technische Akustik gearbeitet, bis er als Quereinsteiger beim Regionalfernsehen landete, dort gut verdiente und für eine Wohnung in der Hauptstadt sparen konnte. Gekauft hat er zwei Jahre vor der Rente. Zwanzig Jahre früher wäre besser gewesen. Egal, er suchte eine Heimat, die nichts mit seiner Herkunft zu tun hat. Die

Allee, auf die er jetzt hinabschaut, führt aus Berlin hinaus und über Grünheide und Fürstenwald in fünf Radstunden bis nach Frankfurt (Oder). Doch ein solches Abenteuer bewahrt er sich auf für einen nächsten Sommer, der immer der nächste bleiben wird. Denn die Auen der Oder sind für Lorentz kein Ziel für einen Tagesausflug, sondern eine Traum- und Trostlandschaft und ein ernstes, existenzielles Versprechen. Eigentlich sollen sie für immer unerreichbar bleiben, trotz der 24-Gang-Schaltung seines alten Rennrads. Lorentz will nicht sehen, er will schwärmen.

Das gilt für Auen, das gilt für Frauen, ich weiß das.

Seine Wohnung liegt auf einem Flur mit lauter Ferienappartements. Auf den anderen Etagen wohnen die Alteingesessenen, zum Teil seit den Sechzigern. Läuft Lorentz seine Allee entlang, trifft er alte Männer, älter als er, in denen er verdiente Genossen zu erkennen glaubt, wegen der Halbschuhe in traurigem Beige, wegen der Windjacken und Schiebermützen, wegen der diakonissenhaften Jutebeutel und des traurigen, doch unbeugsamen Blicks. Er grüßt sie, ohne sie zu kennen. Manchmal grüßt einer zurück, doch ohne mit ihm zu sprechen. Nur einmal hat einer mit einem USB-Stick an einer Kette um den Hals und einem Tropfen an der Nase Lorentz im Fahrstuhl gefragt, ob er auch als Elektriker bei der Rekonstruktionsbrigade gearbeitet habe. Nein, hat Lorentz gesagt und ihm ein Papiertaschentuch angeboten.

Wenige Schritte von seiner Wohnung entfernt gibt es ein Kino, in dem ein umgetopfter Pensionär wie er sich die langen Stunden zwischen Nachmittag und Abend vertreiben kann. So sitzt er oft in der geborgten Geborgenheit eines fast leeren Kinosaals herum. Ist der Film zu Ende, ist auch die Furcht vor der Langeweile wieder da. So ist dann alles gekommen. Vom Fensterbrett seines Schlafzimmers aus richtet sich seit dem vergangenen Jahr ein altes Mikrofon auf die Allee und ins All hinaus.

Alle an Lorentz' Mahagoni-Tisch waren auf Mariannes Eierlikör umgestiegen.

Sie griff zu ihrer eigenen Flasche und stieß dabei einen der bemalten Osterhasen aus dem Erzgebirge um, bevor sie – eigentlich ohne Anlass – anfing, von sich zu erzählen. Warum, fragte ich mich, warum gerade jetzt?

Ein Grund hat viele Gründe.

Ich bin im August noch einmal in den Ort gefahren, aus dem ich komme, sagte Marianne, genau dahin, wo alle noch so sind, wie sie auf dem Schulhof schon waren. Ich wollte zum Friedhof. Es war bereits Abend, als ich mich dem Nebeneingang gegenüber dem Sportplatz näherte. Friedhöfe schließen bei Einbruch der Dunkelheit. Ich musste mich beeilen. Eine, die noch schneller war als ich, überholte mich. Sie sah Jackie Kennedy ähnlich. Rhythmisch schwappte ein Rest Wasser in ihrer Gießkanne, als sie an mir vorbeiging und sagte: Sehen Sie, da vorn, da ist das Grab Ihres Vaters.

Sie kennen meinen Vater?

Die Frau zeigte auf ein Holzkreuz.

Den hat ja jeder in der Stadt gekannt, wenn meistens auch nur von den Wahlplakaten. Und Sie, was hat Sie eigentlich damals nach Berlin verschlagen? Hübsch waren Sie, so hübsch wie Ihr Vater arrogant war. Er hielt sich wohl für was Besseres, sagte die Frau, dabei war er doch, als Sie noch zur Schule gingen, ein Waschmaschinenvertreter, oder?

Ich antwortete nicht, und sie ließ mich einfach stehen, diese Frau, die tatsächlich Jackie Kennedy oder ein wenig auch meiner Mutter ähnlich sah. Bei den Containern für Friedhofsmüll drehte sie sich noch einmal um und winkte mit der Gießkanne.

Ärgern Sie sich nicht, wenn Sie das Grab und den Namen auf dem Holzkreuz sehen, rief sie, es ist ja noch nichts in Stein gemeißelt! Aus jedem *H* lässt sich mit ein wenig Kitt ein *J* machen.

Verstehe ich nicht, sagte Emilia, was wollte die denn von dir?

Sie hob die Arme, als hätte jemand eine Waffe auf sie gerichtet, und ließ ihre perfekt rasierten Achselhöhlen sehen. Marianne antwortete nicht. Emilia hob die Arme höher, sodass wenigstens ich in dem Moment ihr Herz sehen konnte.

Marianne schaute fragend in Runde.

Eigentlich ist der Tod nichts Schlimmes, oder?

Emilia ließ die Arme sinken.

Aus der eigenen Perspektive betrachtet, sagte Marianne, ist er nicht der schlimmste Verlust.

Emilia strich über ihr ärmelloses Sommerkleid, das eigentlich zu dünn für dieses Aprilwetter war.

Er ist, sagte Marianne, eigentlich gar kein Verlust, der Tod, und wenn, dann nur für die anderen.

Emilia nickte.

Schlimm, fuhr Marianne fort, ist nur die Vorstellung, eines Tages auf dem Friedhof zu landen, hier ein bisschen Grün, dort ein bisschen Gelb, und unter all der Grabdekoration in einer zugenagelten, feuchten und bald zerfressenen Holzkiste zu vermodern.

Emilia nickte eifriger, wir anderen schwiegen, bis Rieke fragte: Und was war jetzt mit dem Grab deines Vaters?

Mit dem Nachnamen, da war was. Er fing versehentlich mit einem *H* an.

Wie hieß denn dein Vater?

Jitler.

Oh-ohh, machte Emilia.

Hast du was dagegen unternommen?, fragte Rieke, mit Kitt oder so?

Marianne zuckte mit den Schultern.

Du hast gar nichts gemacht?

Doch, ich bin zurück Richtung Straße gegangen. Die ersten Laternen sind aufgeflackert. Das hat mich beruhigt, und tags drauf bin ich abgereist.

Marianne stellte den bemalten Osterhasen aus dem Erzgebirge wieder hin, den sie soeben umgestoßen hatte, aber so, dass er sich zärtlich an seinen Kumpel lehnen konnte. Da saß sie in ihrer perfekt gebügelten Zwangsjackenbluse und blieb mit einem entschlossenen Lächeln auch noch so sitzen, als Lorentz in die Hände klatschte, doch nicht, weil ihm Mariannes Geschichte gefallen hatte.

Alle mal mitkommen!, rief er, und alle standen auf, um ihm ins Schlafzimmer zu folgen. Zuletzt auch Marianne. Ich blieb sitzen. Im Türrahmen drehte sie sich noch einmal zu mir um und hebelte den Unterarm gegen den Oberarm, als hätte sie eine Handtasche dabei. Hatte sie aber nicht. Sie machte nur eine Faust.

Ich blieb noch eine ganze Weile sitzen, malte Kringel und Kreise in die papiernen Erdnussschalen vor mir und dachte dabei an die letzte Tagungsstätte im Februar. Eine Fortbildung zum Thema *Verdrängung* hatte auf dem Plan gestanden. An die Vorträge erinnerte ich mich weniger, eher an den Hagebuttentee zum Abendessen und die kalten Platten mit belegten gummizähen Brötchenhälften, die übrig geblieben waren vom Frühstück am Morgen.

Emilia saß auf der Bettkante, als ich als Letzte ins Schlafzimmer kam. Die beiden anderen standen wie Kühe auf der Weide vor Lorentz' Büchern, die ihnen den Rücken zukehrten. *Grundformen der Angst, Miteinander reden, Der schöpferische Sprung, Vom Umgang mit Krisen, Kleine psychoanalytische Charakterkunde, Lehrbuch der Höheren Mathematik Teil 1, Grundkurs Kommunismus, Hundeschule,* las Wanda laut vor. Sie drehte sich zu Lorentz um.

Hattest du mal einen Hund?

Lange her, antwortete er, zuletzt war es eine Katze.

Das Regalsystem im Schlafzimmer war deckenhoch und umrahmte auch die Aussicht nach draußen. Auf dem Fensterbrett stand ein altes Mikrofon.

Mein antiker Schallwandler, sagte Lorentz zärtlich und strich ihm über den runden Kopf. Ein analoges Bandgerät mit zwei Spulen kam neben dem Mikrofon zum Vorschein, als Lorentz ein schwarzes Tuch vom Tonbanddinosaurier zog.

Ach, eine uralte, sauschwere Nagra, sagte ich leise.

Abrakadabra, eine uralte Nagra, sang Lorentz, als hätte er mich gar nicht gehört.

Was nimmst du denn damit auf?, wollte Wanda wissen und schaute zum Doppelbett.

Das All, sagte Lorentz, das All nehme ich damit auf. Übrigens ist das Mikrofon von einer alten Berliner Firma, die es nach dem Krieg nicht mehr gab, und ganz sicher kein Sennheiser, wie viele meiner Besucher annehmen.

So viel Besuch hast du in deinem Schlafzimmer?, fragte Wanda, und Emilia stand abrupt von der Bettkante auf.

Dunkle Sachen, ja, dunkle Sachen nehme ich hier auf, sagte Lorentz.

Die Anleitung zur technisch-physikalischen Kontaktherstellung mit dem Jenseits hatte Lorentz in einem fadengebundenen Buch von 1967 aufgestöbert. Vor Jahren hatte er es im Ramsch eines Antiquariats gefunden, aber erst nach seinem Berlin-Umzug hineingeschaut und gedacht, Was für dunkle Geschichten!, während er sich beim Lesen entführen ließ auf das Feld mystischer Jenseitsforschung. Sprechfunk mit Verstorbenen sei möglich, behauptete der Autor. Er war Naturwissenschaftler wie Lorentz, aber hatte an einem See tief in den schwedischen Wäldern gelebt, weit weg von Hektik, Neid und Gier. So schrieb er in seinem Vorwort. Eines Morgens wollte er in seiner Abgeschiedenheit Musik hören und legte ein Tonband ein. Es war das Jahr 1959. Als er das Band noch einmal anhören wollte, kamen ihm – untermalt von den Klängen, die er bereits kannte – Stimmen von Freunden zu Ohr, die längst tot waren. Hörte er die Flöhe husten, das Gras wachsen, oder dröhnte ihm in seiner Waldeinsamkeit nur die eigene innere Stimme viel zu laut im Kopf herum? Der Mann hatte das absolute Gehör, was Musik betraf, aber misstraute bei menschlichen Stimmen sich selbst. Anfangs. Dann nicht mehr. Die Stimmen der toten Freunde kommentierten aus einer anderen Dimension heraus ihren eigenen Tod, berichteten davon, wie es berühmteren Verstorbenen ergangen war, und wieso Todesarten nicht ohne Bedeutung seien. Kryptisch beschrieben sie auch ihren Aufenthaltsort. Kleine Birken, Kälte und Lazarette mit Krankenschwestern ohne Gesichter wurden erwähnt sowie ein Himmel, der unbewohnbar sei, weil er nur in den Spiegelungen von Flüssen, Seen, Meeren und Pfützen existiere. Die Stimmen berichteten von Bismarck oder Hindenburg. Manchmal redeten auch Bismarck und Hindenburg selbst, mal mit, mal ohne Chorbegleitung im Hintergrund. Den Tod gab es also eigentlich gar nicht, sondern nur ein Wechseln der Räume, wenn Lorentz dem Mann im fernen Jahr 59 glauben sollte – egal, was die Wissenschaft oder die öffentliche Meinung dazu sagten. Dass es nicht geben kann, was es nicht geben darf, ließ sich einer wie der – auch wenn man ihn verhöhnte – nicht diktieren. Ich bin aus dem gleichen Stoff, hatte Lorentz eines Abends beim Lesen gedacht, selbst wenn ich kein absolutes Gehör habe. Er hatte das Buch ins Regal gelegt und eine CD mit sphärischer Musik eingeschoben. Im Nachklang der Lektüre aus dem Jahr 59 schien diese Musik jetzt von neuer, geisterhafter Kraft zu sein. Er hörte den Äther, den Klang der Sonne, und irgendwann identifizierte sein innerstes Ohr sogar menschliche Stimmen, die in Klangschalen hockten und seine Wahrnehmung umkreisten. Dröhnende, summende, grummelnde, knurrende Konsonanten wehten in Lorentz' Gehörgang hinein. Er schaute aus dem Fenster, schaute auf sein Bücherregal und zog noch einmal das Buch des Schweden hervor, ohne es aufzuschlagen. Still saß er da, wohl wissend, dass sich im Zuhören alle Geschichten miteinander verbinden, auch über Zeit und Raum hinweg.

Wie sonst wäre er an dem Abend auf die Idee gekommen, seinerseits Sprechfunk mit Verstorbenen führen zu wollen? Lorentz ging in den Keller und fand im Metallregal über den vier Winterreifen sofort das technische Equipment für sein eigenes Experiment. Er nahm ein altes Arbeitshemd vom Haken der Kellertür und staubte Mikrofon und Nagra ab, die ihn in einem früheren Arbeitsleben für Interviews begleitet hatten. In seinem Schlafzimmer installierte er noch am selben Abend das Studio. Als er den Klinkenstecker des alten Mikrofons in die Buchse der Nagra schob, spannten sich seine Ohren wie Segel auf. Wachsein war jetzt alles. Seine erste Aufnahme war ein langer, langer Laut, wie aus der Höhle eines Mundes, der nicht gesprochen hatte. Ein gedehntes *Mmmmmmmm* empfing er als Botschaft aus dem All, auch wenn er sich später sagte: Mensch, du hast einfach dich selber aufgenommen, Lorentz.

Suburbs nennen die Stimmen der Toten die Vororte, an denen sie im Jenseits wohnen, sagte Lorentz.

Mittlerweile hatten sich alle auf seine Bettkante gesetzt. Zuletzt auch ich. Sofort fühlte er sich geliebt, sah ich ihm an, denn da saßen wir wie kleine Vögel auf einer Gartenmauer. Alle vollzählig, alle da.

So ein Suburb, sagte Lorentz, umfasst offenbar eine Reihe von Bezirken, und ein Bezirk, so vermute ich, ist kein konkretes Territorium oder ein Verwaltungsbereich, sondern eine Lebensgeschichte oder ein Bewusstseinszustand. Bevor die Stimmen anfangen zu sprechen, klingt es wie früher, wenn ich auf der Skala meines Transistorradios zwischen Mittel-, Lang- und Kurzwelle sowie den Stationen von Nürnberg über Luxemburg bis Budapest nach der coolen Musik auf AFN oder BBC suchte.

Was ist denn AFN und BBC?, fragte Rieke.

Niemand antwortete.

Reden die Stimmen deutsch?, fragte Wanda.

Lorentz erzählte von dem waldeinsamen Mann am See, dem Stimmen an Silvester 1960 *skål* zugerufen haben sollten, wohl weil er Schwede war. Wenige Nächte später hätten die Stimmen erst einmal nur über Radio direkt mit ihm Kontakt aus dem Jenseits aufzunehmen versucht. Leise, verzerrt, meistens verkürzt hätten sie dabei geklungen, manchmal aber auch lebhaft und aufgekratzt oder resigniert, heiser, monoton und wie gebrochen.

Kenn ich, sagte ich.

Wie bitte?

Solche Stimmen, Lorentz, sagte ich, kennen wir doch. Manche unserer Anrufer klingen vor allem nachts wie Geisterstimmen und sagen furchtbare Sachen, mit denen sie allein sind, ganz allein in einer dortigen Kälte, die unendlich ist wie das All.

Was denn?, fragte Emilia, was genau meinst du, von Schrey? Sie rieb sich die bloßen Arme, als sei auch ihr plötzlich kalt.

Wer ist *fast alle*?, fragte Wanda.

Die Stimmen der Anrufenden, wenn sie verzweifelt sind und ihre Verzweiflung unabänderlich zu sein scheint wie der Tod, oder?, antwortete ich leise, denn ich kam mir pathetisch vor.

Oh-ohh, machte Emilia, aber stimmt irgendwie. Manchmal ist so ein Anruf aus Reinickendorf oder Rostock wie einer aus dem Nichts, obwohl sogar Rostock fast nebenan liegt – falls man ein schnelles Auto hat.

Nicht nebenan, sagt Wanda, Rostock liegt nicht nebenan, sondern am Meer.

Lorentz blickte zur geöffneten Schlafzimmertür und weiter bis zu seinem Wohnzimmer, wo am hohen Fenster der Mahagoni-Tisch stand und darauf wartete, dass sich alle wieder an ihn setzten.

Ich schämte mich. Denn es gab auch Begegnungen am Telefon wie die neulich mit dieser Frau, die meine Hilfe, aber kein Nachfragen von mir wollte.

Bitte nur zuhören, es geht mir gar nicht gut!, hatte sie befohlen.

Sie liege in einem dunklen Zimmer, erzählte sie, das Personal sei längst gegangen und hätte vor vier Monaten das letzte Mal ihr Bett frisch bezogen. Doch im Sommer hätten sie manchmal das Fenster offen stehen lassen. Da sei eines morgens eine Fliege auf ihren nackten Unterarm geflogen und dort sitzen geblieben. Sie blieb lange sitzen, meine Fliege, hatte die Frau gesagt.

Ging es Ihnen da besser?, wagte ich nachzufragen.

Ja.

Dann bin ich jetzt diese Fliege, hatte ich ihr leise angeboten.

Kaum hörbar rauschte der Verkehr unten auf der Frankfurter Allee. Lorentz klopfte drei Mal gegen das Mikrofon. Hallo?, fragte er leise. Einen schlechten Zeitpunkt hatte er für seine Präsentation gewählt, fand ich. Das Jenseits war sicher nachts näher als am Tag, dazu noch an einem Ostersonntag, wo in jedem geheimen Winkel zumindest der westlichen Welt ein Osterei herumliegen mochte. Transkommunikative Experimente wie seine sollten besser nach Einbruch der Dunkelheit stattfinden, sagte ich mir, denn sie brauchen die entschlossene Schwärze der Dinge um sich herum, in denen sich das Unvorstellbare andeutet. Während ich noch über diese Schwärze und dieses Unvorstellbare nachdachte, zeigte Rieke auf das Mikrofon, auf dessen Metall plötzlich ein Sonnenstrahl gefallen war, der bis zu uns Frauen auf der Bettkante reflektierte. Es war, als hätte eine unsichtbare Hand das gewöhnliche Mittagslicht in Lorentz' Schlafzimmer auf ein magisches Spiellicht umgestellt. Wieder klopfte er gegen sein erleuchtetes Mikrofon.

Ich versuche jetzt, Kontakt mit deinem Vater aufzunehmen, Marianne, sagte er, damit Frieden in eure Geschichte kommt, worauf sie beide Hände hob wie soeben noch Emilia.

Hallo, hallo-hallo?, fragte er mit einem bitteren Zug um den Mund in sein Mikrofon.

Hitler hier, hauchte Wanda vom Bett aus zurück.

Was? Marianne fuhr zusammen, aber dann lachte sie.

Wie, heute gibst du den Hitler und nicht Honecker?

Ja, heute Hitler hier, schnarrte Wanda, Hitler, der sich nicht schämt, euch Jahrzehnte später zu gestehen, dass sein Tod gerecht kam und er euch liebt und immer lieben wird, trotz seiner Syphilis.

Oha, meinte Rieke. Emilia stieß einen Bauarbeiterpfiff aus. Mitten in dem Weiberlärm, der sich nicht beruhigen wollte, hob ich den Finger.

Ich hätte da mal eine Frage, sagte ich. Vielleicht kann man in diesem Zusammenhang versuchen, sie jetzt weiterzuleiten, Lorentz. Was wäre eigentlich aus uns und dem Land geworden, wenn Ulrike Meinhof Bundeskanzlerin geworden wäre?

Oha, meinte Rieke wieder. Die anderen meinten nichts und wurden still.

Gute Frage, nächste Frage, sagte Lorentz.

Niemand sagte etwas.

Okay, dann mache ich allein weiter, meinte er. Wann genau ist dein Vater gestorben, Marianne, wo haben deine Eltern sich kennengelernt, und wie hieß seine Mutter mit Mädchennamen?

Das sind ja die Sicherheitsfragen, die wir bei telefonischen Bankauskünften auch stellen, sagte Emilia, interessant, interessant.

Oha! Rieke stand von der Bettkante auf.

Jede Information könnte weiterhelfen, deinen Vater auf dem Zeitradar zu finden, Marianne, sagte Lorentz, und Marianne befahl: Bitte lass das!

Wieso, ist doch aufregend.

Nein, geschmacklos.

Wieso?

Das geht dich nichts an.

Jetzt bleib doch mal locker und sag mir, willst du ihn nicht noch mal sprechen oder wenigstens hören?

Nein!

Wieso nicht?

Keine Ahnung! Nur so, und du bist ein Arschloch, Lorentz, du spielst mit den Gefühlen anderer.

Marianne, ich …

Du spielst mit mir.

Nein, du hast Angst.

Ich habe keine Angst.

Was denn sonst?

Gefühle!, sagte Marianne. Ich will jetzt einfach keine verzerrten Stimmen hören, nicht mal in meiner Einbildung will ich sie hören, wie sie erzählen, was für Brechmittel sie zu Lebzeiten einmal waren. Übrigens weiß ich genau, wie nah Trauer und Angst beieinanderliegen, Lorentz!

Marianne legte eine Hand auf mein Knie, das mir plötzlich fremd, sehr dünn und so gebrechlich vorkam wie das Bein eines alten Vogels. War ich ehrlich, so hatte ich in dem Moment selber Angst, mein Carl könnte von Lorentz überredet werden, sich zu melden. Aber noch mehr fürchtete ich Carls mögliche Nachricht und die eines jeden Toten:

Versucht alle, so lange wie möglich zu leben, denn hier ist es furchtbar.

Matthias war soeben nach zehn Kilometern Fußweg vom Alexanderplatz ab- und in die Frankfurter Allee eingebogen. Hier war er noch nie gewesen. Wüst kamen ihm Straße und Häuser vor, aber auch schön wie die Verheißung in einer Schneekugel. Er zog das Handy aus der Hosentasche und machte ein Foto. Der Augenblick war günstig. Die Straße lag leer vor ihm, während die Wolken am Himmel darüber ihre Gesichter zogen. Die Ampel hinter ihm stand auf Rot. Okay, sagte in dem Moment jemand aus einem geöffneten

Fenster. Matthias sah nach oben. Ein Mann wich zurück, aber wiederholte sein *Okay* aus der Tiefe des Zimmers: Wenn Sie nicht zahlen können, kommt mein Vater, und dann …

Die Ampel hinter Matthias schaltete auf Grün, und der Lärm der anfahrenden Autos verschluckte den Rest des Gesprächs.

Er ging weiter.

Im Stadthaus Hugo, wo Matthias bis eben noch als Hausmeister gelebt und gearbeitet hatte, hatte ein Wohnungseigentümer mit ganz ähnlicher Stimme gewohnt. Über die Balkonbrüstung gelehnt hatte er vom Telefon aus mal mit Rolex-Uhren gehandelt, mal mit schnellen Autos. Ein Aufsteigertyp eben, der zu Hause womöglich aber noch sein altes Kinderzimmer hatte, in das er jederzeit würde zurückkehren können. Jeden Samstagvormittag fuhr der Rolex-Typ mit rotem Nummernschild und wechselnden Autos zu seinen Eltern nach Hannover. Während der Motor bereits lief, verabschiedete er sich aus dem Fahrerfenster von einer ebenfalls wöchentlich wechselnden Frau. Alle waren blond, alle bekamen einen Briefumschlag. War der Abend zuvor mild gewesen, hatten diese Frauen in wenig Wäsche auf dem Balkon schräg über Matthias' Küchenfenster gesessen, bis der Rolex-Typ sie ins Zimmer rief. Letzten Freitag, als Matthias seine Hausmeisterküche für die Wohnungsübergabe strich, hatte wieder so eine Frau dort gewartet und ihre Zigaretten in Blumenkübeln ausgedrückt, die nie eine Blume gesehen hatten. Als es längst dunkel war, hatte sie von draußen laut in die Wohnung hineingerufen: Was los, heute nicht ficken?

Nein, heute nicht, hatte Matthias aus seinem geöffneten Küchenfenster geantwortet und mit einer Hand, die ihm plötzlich leichter vorgekommen war, die Küchenwand über der Spüle zu Ende gestrichen.

Jetzt näherte er sich dem Strausberger Platz. Die zwei monumentalen Türme rechts und links der Allee gefielen ihm. Dort wohnte Lorentz. Matthias ging langsamer. Ein angeleinter Hund saß neben einem Fahrradständer und stand auf, als er sich näherte. Vielleicht weil ihm die Haltung des Hundes höflich vorkam, machte Matthias auch ein Bild von ihm, sah es sich sogleich an und erschrak: Der Blick des Hundes sagte nichts anderes, als dass alles um ihn herum Hund ist.

Leise bewegte ich die Finger auf dem Muster meines Rocks.

Was ist los, von Schrey, was machst du da?

Ich spiele.

Bitte was?

Bach.

Wieso das?

Ohne Musik ist alles Leben ein Irrtum, Kind.

Nach dem Osterfrühstück bei Lorentz hatte ich mich nicht allein auf die Bank gegenüber von seinem Haus gesetzt. Über mir die Alleebäume, vor mir der vierspurige Autoverkehr und neben mir Rieke mit Sonne auf dem Gesicht. Meine langen Finger wanderten schneller über das Muster des Rocks. Wie eigentlich war das mit den Erinnerungen? Gehörten sie in die Zeit, in der sie entstanden, oder in die, in der sie wieder auftauchten? Ich beugte mich vor, als hätte ich tatsächlich die Tastatur meines Klaviers unter den Fingern, und erinnerte mich so daran, wie ich an jenem Februarsamstag vor vier Jahren im allerersten Stuhlkreis genauso vorgebeugt dagesessen hatte, um auf den obersten Silberknopf von Riekes räudiger Wolljacke zu tippen und zu sagen: Übrigens Kind, im Sozialkaufhaus drüben bei dem großen Platz haben sie im Moment solche Trachtenmode im Ausverkauf.

Ein Feuerwehrwagen bretterte mit Blaulicht bei Rot über die Ampel, wenige Schritte von unserer Bank in der Sonne entfernt. Als der Signalton leiser wurde, blinzelte Rieke mich an. Ein Kind, sagte sie, das vor der Taufe einen Sonnenstrahl abbekommt, ist des Teufels.

Wer behauptet das?

Die Mutter von Gudrun Ensslin, und die eigene Tochter ist ihr der Beweis dafür.

So schlecht hat sie über ihr Kind geredet?

Ja, so schlecht, gerade du müsstest das doch wissen.

Recht hatte Rieke. Ich war nicht nur so alt wie dieses Teufelsmädchen namens Gudrun, ich war auch selber einmal so ein Mädchen von zweifelhafter Moral gewesen, weil es Zweifel hatte an der Moral anderer. Ich drehte den Kopf nach links, Richtung Abend und Westen. Rieke drehte ihr Gesicht weg von der Sonne, Richtung Osten.

Zeit verging.

Zeit verging wirklich? Die Autos fuhren auf der Allee in beide Richtungen. Mir zeigten sie ihre Frontscheibe und die Gesichter der Insassen. Rieke sah ihre Hinterköpfe und die Rücklichter. Auf mich fuhr die Vergangenheit dieses Ostersonntags zu, Riekes Blick begleitete den gleichen Tag in die Zukunft. Dies bedeutete, dass Vergangenes sich mir von Angesicht zu Angesicht zeigte. Rieke jedoch sah von der Zukunft nur den Rücken. Folglich kam Vergangenes auf einen Menschen zu, Zukünftiges wich von ihm. So zog ich meine Schlüsse, hatte aber nicht mehr die Kraft, sie zu überprüfen.

Hallo, sagte Rieke, sprich mit mir.

Finger aus Wärme und Licht strichen durch ihr Gesicht, als ich mich ihr wieder zuwandte.

Was hast du eigentlich mit Gudrun Ensslin zu tun, junges Huhn?

Die war auch Pfarrerstochter.

Aber sie war viel älter als du. Heute wäre sie alt.

Wann ist man alt?

Man ist alt, wenn man stirbt, sagte ich und fand, das war eigentlich die Antwort eines Kindes. Mit der Hand schirmte ich meine Augen ab, um gegen die Helligkeit des Himmels an Lorentz' Haus hochschauen zu können. Im achten Stock stand der Mahagoni-Tisch verlassen im Rahmen des hohen Fensters. Fenster sind immer schon mein Thema gewesen. Anfang der Sechziger habe ich an der Hochschule für bildende Künste Altarfenstermalerei studiert. Alles habe ich damals ausprobiert. Figuren, Porträts, Landschaften, Geschichten mit und ohne Sinn, aber auch Kompositionen, die ich nur aus der Farbe heraus entwickelt habe. Damals habe ich gelernt, dass ich nicht genau hingeschaut habe, wenn ich beim Sehen nur eine Sache sah. Was geschieht und was ist, birgt immer auch eine andere Version von Geschehen und Sein in sich. Früher habe ich mit Farben fabuliert, aber ich glaube, dass auch da schon der Schatten einer Erzählerin im Türrahmen meines Ateliers gestanden und nur darauf gewartet hat, Folgendes von sich zu berichten:

Wenn der Vater meines Großvaters eine schwierige Aufgabe zu erfüllen hatte, begab er sich zu einer bestimmten Stelle im Wald, entzündete ein Feuer, versenkte sich in ein stummes Gebet, und was er zu erfüllen hatte, wurde Wirklichkeit. Als später der Vater meines Vaters vor der gleichen Aufgabe stand, begab er sich zu der gleichen Stelle im Wald und sagte: Ich weiß kein Feuer mehr zu entzünden, aber ich kann noch das Gebet aufsagen. Und was er zu erfüllen hatte, wurde Wirklichkeit. Noch später hatte mein Vater dieselbe Aufgabe zu erfüllen. Auch er ging in den Wald und sagte: Ich weiß nicht mehr, wie man das Feuer anzündet, und ich kenne nicht mehr das Geheimnis des Gebets, aber ich kenne noch genau die Stelle im Wald, wo es geschah. Das muss genügen. Dann kam die Reihe an mich, die Erzählerin. Ich trat aus meinem eigenen Schatten, schloss mein Atelier zu und ging Richtung Wald. Ich wusste nicht mehr, wie man ein Feuer entzündet, ein Gebet spricht oder wie man sich nicht im Wald verirrt. Aber ich wusste mit einem Mal, dass es genügt, genau davon in einer Geschichte zu berichten, ja, von all dem zu erzählen, und was es noch zu erfüllen gilt, wird Wirklichkeit.

In zwei oder drei Stunden würde die Sonne hinter den hohen Häusern der Allee verschwinden, als ob sie langsam wäre. Ein Laster fuhr schneller als erlaubt an unserer Bank vorbei, drückte mit seinem Lärm die Häuser weiter auseinander und machte die Straße Richtung Osten noch breiter. Wahrscheinlich radierte sein Tempo auch die Namen von den Klingelschildern. Plattenspieler drehten sich andersherum, falls jemand in den vielen, vielen Stockwerken rechts und links von des Lasters Eile noch einen benutzte. Wer sich eben noch hatte verloben wollen, ließ im donnernden Reifenlärm die Absicht für eine andere fallen, um dies vielleicht Jahrzehnte später zu bereuen, ohne jedoch zu erkennen: Daran war mal ein Laster an Ostern schuld.

Ich glaub's ja nicht, sagte ich, ein Laster am heiligen Sonntag, was sagst du dazu, Rieke?

Rieke zeigte auf die Straßenseite gegenüber: Und was sagst du d a z u ?

Auch wenn er keine Westernstiefel trug, schlenderte Matthias den Gehsteig entlang, als sei er ein Cowboy. Auf der Schwelle zu Lorentz' Haustür blieb er stehen, studierte aber nicht die Klingelschilder, sondern die Matte unter seinen Füßen.

Matthias ist Fensterbauer. Ich habe früher welche bemalt. Fenster trennen und verbinden. Was trennt oder verbindet einen wie Matthias und eine wie mich? Matthias interessiert, wenn Kräne die Ketten schwingen und Fenster sich finster zwischen Lärm und Leere schieben. Mich interessiert das nicht. Als ich mich für das Ehrenamt bewarb, hatte ich damit gerechnet, für andere Menschen etwas zu tun. Es gehe erst einmal um mich selbst und den Blick anderer auf mich, widersprach der Ausbildungsleiter mit dem Perlenarmband. Matthias nickte. Er hatte das von Anfang an gewusst, genau das hatte ihn interessiert, und deswegen hatte er sich auch bei Sorgentelefon e. V. angemeldet. Er wollte in der Ausbildung und im Stuhlkreis etwas über sich selbst erfahren. Ich nicht, ich hielt diese Art von Selbsterfahrung einfach nur aus. Aus dem Angelernten wählte ich meine eigene Strategie aus, verbot mir Ratschläge am

Telefon und vermied Aussagen zu spirituellen oder religiösen Orientierungen, denn ich habe keine. Matthias auch nicht. In Krankheitsfragen rate ich: *Fragen Sie doch Ihren Arzt oder Apotheker.* Matthias sagt das auch. Nie rede ich im Dienst darüber, dass ich auch schon mal verlassen wurde oder einen Lieblingsmenschen beerdigt habe. Matthias schon. Doch sind ihm wie mir jene Gespräche die bedrückendsten, bei denen man sehr allein, aber doch an beiden Enden der Leitung gleichzeitig sitzt, weil der Anruf klingt, als käme er von einem selbst. Wer tröstet hier eigentlich wen, fragen sich dann einer wie Matthias und eine wie ich. Doch könnte Matthias mich jetzt so denken hören, würde er sagen, das habe ich nicht verstanden. Glaube ich ihm aber nicht. Er ist einfach nur anders als ich, ist eben ein richtiger Mann, nützlich und freundlich. Er wird nie – wie ich – am Telefon zu einem verzweifelten Anrufer sagen, was soll denn Ihre Katze ohne Sie tun, wenn Sie sich jetzt umbringen? Matthias hingegen wird einer Frau, die seit Wochen schon in ihrem Morgenmantel wohnt, raten, sich wetterfestere Kleidung beim Aldi und ein Lidl-Bike zu besorgen, damit sie mal wieder vor die Tür kommt.

Ich nicht.

Oder doch?

Würde ich nicht sogar noch ergänzen, dass es gegen kalte Hände auf der Lenkstange Thermohandschuhe im Ausverkauf bei Tchibo gibt? Thermo sei besser als Leder, fügt einer wie Matthias mit kräftiger Stimme dann hinzu, und ich mit einer leisen: Leben ist besser als Sterben. Wir meinen das Gleiche und kriegen auch Gleiches hin. Gespräche, anfangs monoton und kläglich, enden so an beiden Enden der Leitung mit einem Lachen, das aus einem Früher kommt, in dem auch nicht immer alles war wie früher.

Da ist sie, sagte neben mir Rieke.

Wer?

Ich sah nur Matthias. Er hatte seinen Fuß in den Türspalt zu Lorentz' Hausflur geschoben.

Emilia ist gleich wieder im Haus verschwunden, sagte Rieke.

Sie hat ihren Topf vergessen, sagte ich.

Was du alles weißt, von Schrey. Schau mal, jetzt betet er, dass sie in drei Minuten wiederkommt.

Er betet nicht, er wartet.

Allerdings hatte ich Matthias mehr als einmal im Dienst laut am Telefon beten hören. Den Text dazu hatte er sich wahrscheinlich während des Gesprächs rasch bei Beten-Online gegoogelt.

Gibt es Momente, in denen du betest, von Schrey?

Nein.

Warum nicht?

Ich rede lieber.

Was?

Dies und das.

Sag bloß, sagte Rieke

Sag nichts, sagte ich.

Unten vor Lorentz' Haus hielt jetzt Matthias einem Bewohner die Glastür zur Straße auf, um gleich darauf seinen Fuß wie einen bösen Bremsblock zurück in den Spalt zu stoßen. Als Emilia auf der anderen Seite der Scheibe auftauchte, zog er ihn eilig zurück. Die Tür schlug zu. Er stand auf der Straße davor, die Hände in den Hosentaschen, verlegen, verbockt, wie geschlagen ohne Stock. Sie stand dahinter, im Hausflur, und umarmte ihren großen Topf vor dem Bauch, als trüge sie ein Baby. Lange standen sie so, und es sah so aus, als würden sie sich gerade jetzt wieder einmal ineinander verlieben. Dann gingen sie die Allee hinunter Richtung U-Bahn. Den großen Suppentopf schwenkten sie zwischen sich wie ein Dreijähriges. Der Saum von Emilias ärmellosem Kleid umspielte in Zeitlupe ihre Knie.

Die hohen Bäume über ihnen waren auffällig grün, und Matthias' Hemd, das taubenblaue, machte ihn zu einem freundlichen Briefträger von vor langer Zeit.

Du hast die Sache mit dem Topf gewusst, sagte Rieke neben mir, während die beiden im U-Bahn-Eingang verschwanden, weißt du auch, was sonst heute noch alles passieren wird?

Arme und Beine von sich gestreckt war Rieke gleich nach dem Heimkommen auf ihrer Tagesdecke eingeschlafen. Ein Vogel sang laut auf einem einzelnen Ton vor dem geöffneten Fenster, an dem auch der Schreibtisch stand. Er stieß mit der Längsseite gegen die Fensterbank. Ein Luftzug strich über den aufgeschlagenen Schnellhefter. *Selbsteinschätzung* stand da.

An einem der ersten Ausbildungswochenenden hatte der Stuhlkreis über Selbstmord gesprochen. Mögliche Ursachen dafür, die alle mit einem *Wenn* anfingen, sollten auf einem DIN-A4-Blatt angekreuzt werden. Zwei Spalten teilten sich das Papier. Nur ein senkrechter Strich trennte die Gründe anderer von den eigenen. In der Spalte für die anderen hatte Rieke mit viel Einfühlung sämtliche *Wenns* angekreuzt. In der Spalte *Selbsteinschätzung* nur vier.

Wenn ich todkrank bin

Wenn ich schwer süchtig bin

Wenn mich ständig Angst und Unruhe plagen

Wenn Selbstmord meine letzte Freiheit ist

Einen fünften Grund fügte sie erst zu Hause und handschriftlich hinzu.

Wenn ich wie mein Großvater bin …

Vom Leben ihres Großvaters wusste Rieke nur wenig. Er war noch im Krieg geboren und der Frau und dem einzigen Sohn an einem Sonntagmittag mit einem Geruch nach falschem Hasen im Haar einfach weggelaufen. Von Verantwortung hatte dieser Großvater wenig gehört und eine Auseinandersetzung mit sich selbst in seinem Milieu nie gelernt. Trotzdem vermutete Rieke hinter seiner Rücksichtslosigkeit eine Sehnsucht, eine suchende Sehnsucht. Sie kam ihr vertraut vor, nicht nur, weil sie die dichten, rötlichen Haare von ihm geerbt hatte. Her mit dem schönen Leben, mochte der Vater ihres Vaters gedacht haben, als er alles hinter sich ließ, um sich einfach in ein neues Dasein fallen zu lassen, dann in ein nächstes und ein nächstes. Der Kerl damals war wahrscheinlich ein spirituelles Arschloch gewesen. Der einzige Sohn war Pfarrer geworden. Die Enkelin jetzt studierte Theologie und arbeitete beim Sorgentelefon. Ein Praktikum nur, sagte Rieke gern, aber welche junge Person sonst wäre wie sie freiwillig beim anonymen Telefondienst in der Unsichtbarkeit verschwunden? Die meisten Freundinnen ihres Alters tanzten und lachten nicht einmal, wenn ihnen keiner dabei zuschaute.

Als Rieke auf ihrer Tagesdecke wieder aufwachte, saß der Abend gegenüber auf dem Haus. Schreibtisch, Schnellhefter, geöffnetes Fenster im zwölften Stock – wie lange war sie schon hier, und wie lange würde sie noch bleiben?

Wie altmodisch moosig das Foliengrün ihres Schreibtischs war, fiel Rieke erst auf, als sie zwischen Schnellhefter und Bleistiften auf die Tischplatte geklettert und bei der Fensterbank in die Hocke gegangen war. Fledermäuse schwangen sich vorbei.

Bereit zum Abflug, Rieke?

Zur Antwort flackerte auf der Etage gegenüber eine Küchenlampe auf und stempelte wie jeden Abend ein kleines, hässliches Quadrat in die Wand. Rieke ließ sich fallen, nach hinten, und streckte die Beine aus, bis ihre Füße aus dem Fenster winkten. Gegenüber in der Küche fing eine junge Frau an, das Abendbrot aus dem Kühlschrank auf ein Tablett zu räumen. Zwei Kinder kamen hinzu. Rieke, auf dem Schreibtisch, griff nach einem Bleistift, um einen langen

Gedankenstrich unter das Wort *Selbsteinschätzung* zu ziehen. Sie rutschte zum Schreibtischstuhl und fuhr den Rechner hoch. *Kurz wollte ich nur bleiben, liebe Gemeinde, in diesem Café der Unsichtbaren. Denn wer weiß, ob Unsichtbarsein nicht ansteckend ist …*

Der Anfang ihrer Übungspredigt.

Sie sah noch einmal zur Küche gegenüber. Die zwei Kinder aßen Würstchen, die Mutter goss sich ein Bier ein. Warum roch es hier in ihrer Wohnung nach Banane?

Ich möchte Ihnen jetzt jeden Tisch einzeln vorstellen, tippte Rieke in den Rechner.

So ein unbeschriebenes Dokument auf dem Bildschirm, was war das schon? Nichts als ein Textraum, den es zu erobern galt wie eine leere Bühne.

Genau so hatte es ihr Professor für Homiletik gesagt.

Vor allem den Elektromonteur mit der Räumungsklage hatte sie bei den ersten Sätzen vor Augen. Denn er sah aus wie Matthias. Ein Vorstadt-Elvis eben, der sicher nichts dagegen hatte, in einem rosa Heft des Sorgentelefons entdeckt und anschließend auf die Bühne der Kanzel gebeten zu werden. *Liebe Gemeinde*, schrieb Rieke, *nehmen Sie Platz in diesem traurigen Café der Unsichtbaren, und lassen Sie am Ende des Besuchs nicht eine gesicherte Erzählung, sondern die Unsicherheit mit uns sein.*

Tisch 1: Eine kleine Familie, die Mutter isst Pommes und trinkt Bier, der Vater telefoniert laut, bis sein Handy hungrig piepst. Das Kind, vielleicht drei Jahre alt, spielt am eigenen Handy. Es bemerkt, was die Mutter nicht bemerkt. Der Vater, bleich, gierig und auf der Suche nach einer Steckdose, schaut sich zwischen den Tischen ständig nach anderen Frauen um.

Tisch 2: Ein Mädchen mit roten Augen – vielleicht vom Weinen – ist übergewichtig oder schwanger. Sicher geht sie noch zur Schule. Liebst du mich?, fragt ihr Blick, aber da ist kein Gegenüber.

Tisch 3: Wer will hier Platz nehmen, liebe Gemeinde, bei einer abgearbeiteten, noch jungen Frau in einem schmuddeligen rosa Kunstfellwestchen? Können Sie eigentlich das Vaterunser auswendig?, wird sie Sie fragen, sobald Sie sich zu ihr setzen.

Tisch 4: Niemand dort, vor dem halb leeren Teller. Der Mann, ein Vorstadt-Elvis, ist zur Toilette gegangen. Neben dem Teller – ein amtliches Schreiben. Schauen Sie genau hin. Räumungsklage steht da.

Tisch 6: Eine alte Frau. Ihre langen Finger sind knotig, der Nagellack ist brüchig. Das strähnige Haar hängt offen. Auch der Unterkiefer hängt, als wäre sie soeben gestorben. Das Mädchen ihr gegenüber hat einen Überbiss. Ein dummes Mädchen, würde man auf den ersten Blick sagen und erst auf den zweiten bemerken, es ist ein todtrauriges Mädchen.

Tisch 7: Ein alter Mann, den die Bedienung mit Vornamen begrüßt hat. Ab und an hebt er die Hand und winkt dem Koch hinter der Theke, bis der endlich fragt: Wie geht es Regine? Der alte Mann legt die Hand über die Augen, sagt … Regine ist tot.

Tisch 8, liebe Gemeinde, ist ein Ort zum Innehalten. Denn dort sitzt niemand. Wollen wir hier Platz nehmen und auf die zerstreuten Seelen warten, die meiner Predigt vielleicht nicht einmal bis zu Tisch 4 gefolgt sind? Denn jetzt passiert etwas, und das wollen wir doch alle, dass endlich etwas passiert an so einem Ort für Leute mit wenig Geld und wenig Hoffnung.

Achtung, an Tisch 8 setzt sich jetzt ein Mann wie ein Teufel mit *einem Kranz gelber Haare, die um seine Glatze abstehen. Zwei Plastiktüten hat er auf dem Schoß und blaue Hausschuhe an den Füßen. Er wird nicht bedient, egal, wie oft er der Bedienung winkt. Schließlich geht er wieder, bleibt aber draußen vor der Fensterfront stehen und hebt noch einmal die Hand. Nein, der Mann mit den blauen Hausschuhen an den Füßen winkt nicht. Aus der Dunkelheit der Straße heraus, liebe Gemeinde, segnet er ins Helle des Raums hinein. Uns.*

Wollen wir das?

Warum eigentlich?

Warum eigentlich nicht?

Alle wollen wir uns doch als Gesegnete fühlen, oder?

Vor Stunden war es bei Emilia ein Topf gewesen, warum sie zurückkam. Jetzt aber ging es ums Eingemachte, glaubte Lorentz, als das Licht im Treppenflur anging, die automatische Zeitschaltuhr tickte und im gleichen Tempo Mariannes energische Schritte zu ihm hinaufliefen.

Ich bin's, Lorentz, ich habe etwas Wichtiges vergessen, hatte sie zuvor unten in die Sprechanlage gerufen.

Was denn?

Ich weiß nicht genau, denn ich habe auch vergessen, was eigentlich wichtig ist.

Ein verstorbener Vater und lauter dunkle Sachen dazu, hatte Lorentz angenommen, als er irgendwie erfreut den Türöffner drückte. Sein Sprechfunk mit dem Jenseits sollte nun doch noch Licht in Mariannes Leben bringen?

Aber nein, sie wollte etwas ganz anderes.

Ich bin gekommen, um dir zu sagen, dass ich gleich wieder gehe!

Mit den Worten wehte sie an ihm vorbei und gleich durch bis ins Schlafzimmer, um sich wie vorhin auf die Bettkante zu setzen.

Sie griff nach dem Buch, das auf seinem Nachtschrank lag. *Und die Hunde verstummten*, las sie den Titel laut. Während sie mit der Hand über den Umschlag fuhr, fragte sie: Hattest du mal einen Hund?

Lange her, antwortete er und merkte, genauso war es schon einmal gewesen – nämlich soeben erst. Da aber hatte eine andere die Frage nach dem Hund gestellt. Wanda? Genau wusste er es nicht zu sagen.

Vor Lorentz' Fenster zog der Himmel vorbei in der langsamen Geschwindigkeit der Erde. Dass er all das und auch diese Situation bereits kannte, schoss ihm durch den Kopf, und dass er all das schon mal gesehen, alles schon einmal erlebt und auch genau diesen Gedanken schon einmal gehabt hatte, nämlich den Gedanken, dass er genau diesen Gedanken schon einmal hatte, und dass die Frage nach dem Hund eigentlich keine Erinnerung war oder die Erinnerung an eine frühere Erinnerung, und auch diese Frau da auf seiner Bettkante war keine Erinnerung an eine andere. Sie war wiedergekommen, aber nicht als Déjà-vu, nein, sondern sie war, was war.

Was denn?

Leben?

Marianne arbeitet fünf Tage in der Woche Buchungsanweisungen für Baumaterialien ab und hat eigentlich ihr Leben lang etwas Sinnvolles tun wollen. Sie war über fünfzig, als sie das sehr deutlich bemerkt und an ein Ehrenamt gedacht hatte, weswegen sie an einem Sonntagnachmittag ins Gemeindezentrum Pankow zur Freiwilligenbörse ging und feststellte, dass sich Telefondienst am besten mit dem Job vereinbaren lässt. Auch die Anforderungen entsprechen ihren Eigenschaften. Sie kann zuhören. Schlimmes und Langweiliges hält sie so tapfer aus wie sich selbst. Aus dem Stuhlkreis ist Wanda ihre Freundin geworden. Bei Liebeskummer hält sie ihr die Hand und sagt: Keine Liebe, nur eine Liebesgeschichte, vielleicht nur eine Geschichte, oder: Komm, Marianne, aufstehen und gehen, oder: Lass ihn einfach laufen! Andere Mütter haben auch schöne Söhne, Marianne, und für mich haben sie die Töchter. Glaub mir. Ich weiß, wovon ich rede. Schließlich bin ich zur See gefahren, wo es bei Turbulenzen nur darauf ankommt, den Horizont zu fixieren. Du kennst diesen fernen, langen Strich zwischen Himmel und Erde, Marianne. Glaub immer an den Horizont, denn da wird er eines Tages auftauchen, der neue Mann. Also, heiter weiter.

Zwar klingt die Prophezeiung vom *neuen Mann* aus Wandas Mund ein wenig wie eine Leitidee zum *neuen Menschen* aus dem sozialistischen Erziehungswesen der DDR. Doch warum nicht glauben an Utopien, die keine Lust mehr hatten aufs Politische und deswegen ins Persönliche abgewandert sind?

Lorentz setzte sich zu Marianne auf die Bettkante. Eine verlegene Wärme floss zwischen ihnen hin und her. Wenige Herzschläge später hielten sie sich bereits bei den Händen. Sie berichtete von ihrem schönsten Theatererlebnis. *Nelken* hieß das Stück. Eine halbe Nacht lang hatte sie für den Vorverkauf des Tanzstücks angestanden, um am Ende den sensationellen Platz in Reihe 7 / Mitte zu ergattern.

Es ging um die Liebe, sagte Marianne, wie sie kommt, wie sie geht und wie sie am Ende auf dem Bühnenboden nur ein Feld aus zertrampelten rosa Plastiknelken zurücklässt.

Ein Tänzer war irgendwann an die Rampe getreten. Er bat das Publikum aufzustehen und dirigierte es. Rechten Arm ausstrecken, linken ausstrecken, beide langsam vor der Brust kreuzen. Bitte wiederholen, sagte der Tänzer, um im richtigen Moment von der Bühne und hinein in die ausgebreiteten Arme einer Zuschauerin in der ersten Reihe zu springen. Marianne, Reihe 7 / Mitte, musste in dem Moment so sehnsüchtig geschaut haben, dass er sich für die nächste Umarmung einen Weg zu ihr bahnte.

Dabei hätte er es mit den Plätzen am Rand viel leichter gehabt, sagte sie, aber er hat mich gemeint, verstehst du, Lorentz, mich hat er gemeint …

Ja, krächzte Lorentz. Offenbar hatte er sich verschluckt am Klang ihrer Stimme. Ja, verstehe! Er räusperte sich.

Um wenigstens ein Viertel seines Charmes von früher aufflackern zu lassen, griff er nach einem Kompliment, einfach so, aus der Luft. Er sei sicher, sagte er, die Anrufer im Dienst sprächen viel lieber mit ihr als mit ihm.

Wieso?

Ach, wegen deiner Stimme, sagte Lorentz. Seine klang in dem Moment wie eingedickt.

Keine Ahnung, seufzte Marianne auf seinem Bettrand und ließ sich auf den Rücken fallen. Ein etwas strenger Geruch ging von ihr oder nur von ihrem Haar aus, wie sie da auf seinem Federbett lag. Nuss und Pferd.

Vielleicht habe ich ja wegen meiner Stimme so regelmäßig Herren in der Leitung, was meinst du?

Den Operettenliebhaber?

Auch.

Den Wendeverlierer?

Genau.

Und sonst so?

Den aus Schwerin.

Der mit dem geschlossenen Hotel?

Genau. Er ist süchtig.

Bist du sicher?

Marianne lachte. Nach guten Gesprächen ist der süchtig und weiß, wie er sie erzwingen kann.

Wie? Lorentz räusperte sich wieder.

Der Kollege, der vor Ihnen war, der war so wunderbar, sagt der Kerl aus Schwerin immer wieder gern. Eigentlich schmiert er einem damit das Zitat aus einem alten Schlager aufs Butterbrot.

Der Mann, der vor dir war, der war so wunderbar, sang Marianne und zog leise am Saum ihrer Kostümjacke.

Vielleicht meint er ja dich, Lorentz?

Erneut räusperte sich Lorentz, auch weil Mariannes Augen rot geworden waren, als wäre sie tief in ihren Körper abgetaucht. Statt sich endlich neben sie auf das Bett fallen zu lassen, vermied er nur ein weiteres verlegenes, erregtes Räuspern. So verarbeiteten beide schweigend, was geschehen oder was gerade nicht geschehen konnte. Wahrscheinlich ist genau d a s das Alter, nahm Lorentz an. Dann schlich er in die Diele, um sich ein Baseball-Cap aufzusetzen. Eine Ersatzhandlung, wusste er, denn er konnte nicht, wie er wollte. Mit einem Baseball-Cap hatte er seine Gefühle von Alleinsein schon immer gut getarnt, vor allem wenn ihm an Wochenenden nur Paare auf der Straße entgegenspazierten. Sogar Papierkörbe, Fahrräder und auch die letzten Telefonzellen am Bahnhof Zoo traten immer wieder gern gegen ihn als Paar auf. Selbst wenn der Mond in seiner dunstigen Einsamkeit einen zweiten neben sich gehabt hätte, hätte auch das an solchen Tagen Lorentz nicht gewundert.

Er hatte gehofft, sie würde lachen und etwas Sportliches sagen, wenn er so mit Baseball-Cap zurechtgemacht zurück ins Schlafzimmer kam. Aber sie lachte nicht. So fing er verunsichert an zu erzählen, wie es ihm und seiner Kappe bisher im Leben und überhaupt so ergangen war. Irgendwann nickte sie nur noch mit ihrem schönen, schmalen Kopf in der Kuhle des Federbetts. Statt sich wieder aufzurichten, zog sie ein Knie zu sich heran und umarmte es. Als hätte sich in der Sekunde das Licht im Schlafzimmer drastisch geändert, sah er plötzlich, was die Jahre ihr angetan hatten, sah all die haarfeinen Linien um ihre Augen und den Mund, wie Vogelspuren im Sand. Die seltsamsten Dinge schossen ihm durch den Kopf, während seine Hand sich erneut einen Weg zu ihr suchte. Er erwischte sich dabei, dass er dachte, wie gut, dass ich keine Frau bin.

Frauen sind mir zu kompliziert. Ich verstehe die Dichter nicht, die sagen, sie möchten eine sein. Diese Leute aus Papier kennen sich einfach nicht aus. Aber ich. Eine Frau verlässt dich, weil ihr Analytiker dazu rät. Eine Frau kannst du versuchen zu lieben, aber Gott bewahre, wenn deine Mittel die falschen sind. Wie oft hatte Lorentz sich gewünscht, Mr Spock, der Commander von *Raumschiff Enterprise,* zu sein, denn der konnte sich das gesamte Denken anderer, selbst das der kompliziertesten Frau, durch einfaches Tippen gegen die Schläfe herunterladen.

Lass das, unterbrach Marianne seine Gedanken, was fummelst du denn da die ganze Zeit an meinem Kopf herum, als hätte ich Fieber?

Er zog die Hand zurück und sagte: Du bist also doch wegen deines Vaters zurückgekommen, Marianne, nicht wegen mir?

Vater, Vater, fragte Marianne, was soll denn das werden mit meinem Vater – was mit Psychoanalyse?

Sei nicht albern, Marianne.

Lieber Vater, hatte Marianne am offenen Grab mit fester, beinahe fröhlicher Stimme gesagt, die paar Zeilen hier habe ich notiert am letzten Hochzeitstag von dir und deiner Frau, die meine Mutter war. Du warst an jenem, eurem fünfundfünfzigsten Hochzeitstag seit drei Tagen tot. Tröste dich, lieber Vater, so wird es uns allen einmal gehen, egal, ob wir geheiratet haben oder nicht. Eigentlich warst du für mich nicht ein Vater, sondern ein Haus, aber keins, in dem Platz war für Familien, Freunde, Verbundenheit und mich. In deinem Haus gab es nur Fremdenzimmer, meistens verschlossene und einige für immer leer. Nehmen wir an, ich darf zum Abschied hier am Grab noch einmal durch dieses Haus gehen, lieber Vater. Ich öffne zuerst die Türen zu den helleren Räumen, in denen – in meiner Erinnerung – auch Licht ist, wenn nicht die Sonne scheint. Im ersten Zimmer meiner Erinnerung versuchst du, in dem Sommer, in dem ich sieben bin, mir zu erklären, was die Jungfrauengeburt ist und was die Liebe. Du stehst da, an einen kalten Ofen gelehnt. Im zweiten Zimmer meiner Erinnerung fahren wir wie in jedem Jahr zu dritt mit dem roten Käfer in den Schwarzwald. Es regnet zwei Wochen lang. Wir sitzen in einer Pension, eigentlich mehr rustikale Holzkiste als Pension. Wir sind in Todtnauberg, und eines Nachmittags gehen du und ich in Regenmänteln in den Wald. Dort steht ein Haus. An dessen Jägerzaun gelehnt erklärst du mir, dass hier ein weltberühmter Philosoph wohnt, der Heidegger heißt. Ich weiß nicht, wer das ist. Du eigentlich auch nicht, aber du weißt, wie sich *Philosoph* und *Heidegger* schreiben. In Zimmer drei kommst du von einer Geschäftsreise aus Süddeutschland zurück. Für mich und meine Mutter ist dein Süddeutschland ein dunkler, ein finsterer Ort, wenn du allein dort bist, obwohl laut Wetterbericht bei Baden-Baden die Sonne immer scheint und die Frauen dort alle sehr enge Röcke tragen und sehr gut Französisch können – wenigstens in meiner Vorstellung ist das so. Du stehst nach so einer Reise an meinem Bett. Ich bin dreizehn. Du hast eine Schallplatte mitgebracht. Leonard Cohen. Für mich. Cohen kenne ich. Danke! Ich nehme sie und merke, da ist noch eine zweite Platte, dahinter. Jimi Hendrix. Den kenne ich nicht. Ich schaue dich an. Wen kennst du, der so einen Musikgeschmack hat? Denn deiner ist das nicht.

Jetzt kommen die dunkleren Zimmer, mehr Kammern als Zimmer und alle nach hinten hinaus. Deren Türen lasse ich lieber von meinen Freunden öffnen. Der erste schaut hinein und sagt, da sehe ich deinen Vater ganz hinten in der Ecke, jedoch seltsam klar vor mir. Eifrig steht er im letzten Jahrtausend herum, noch immer davon überzeugt, dass der Verkauf selbst in der Politik beginnt, wenn der Käufer NEIN sagt. Unsere Welten waren unvereinbar, aber er hat mit mir gesprochen, manchmal sogar vergnügt, das fand ich schon bemerkenswert. Ein zweiter Freund tröstet mich, noch mit der Türklinke in der Hand: Es ist schön, dass dein Vater auf dem heimatlichen Friedhof beigesetzt wird, egal, was in den letzten Jahren geschehen ist. Alle kannten ihn hier. Niemand wunderte sich, wenn er als Vorsitzender der örtlichen Seniorenunion verkündete, Kinderlärm sei schlimmer als Autolärm und Leute mit Depressionen müssten einfach nur mit kaltem Wasser abgespritzt werden. Geliebt wurde er von der einen oder anderen Frau, aber leiden konnte ihn niemand ... Zuletzt kommt mein eigenes Kind an die Reihe: Die Person, die gute Person, Mutter, die du geworden bist, bist du trotz und wegen ihm geworden. Mein Kind sagt das, ohne überhaupt eine der Türen nach hinten hinaus geöffnet zu haben.

Lorentz war von der Bettkante aufgestanden und zum Mikrofon beim Schlafzimmerfenster gegangen, um wie vorhin gegen dessen Kopf zu klopfen.

Was soll das, was machst du da?

Ein wenig Licht in deine dunkle Geschichte bringen, Marianne.

Erneut klopfte Lorentz gegen das Mikrofon. Hallo, hallo, bettelte er leise. Aber keiner da oben im All schien Lust zu haben ihn wahrzunehmen, geschweige denn zu antworten. Hatten sie im Reich der Verstorbenen im Moment keine Zeit, keine Leitung frei? War gerade niemand da, oder war eigentlich nie jemand da gewesen?

Endlich richtete Marianne den Oberkörper auf, aber verharrte so, halb liegend, halb sitzend, auf Lorentz' Bett.

Ich höre nichts ...

Marianne, bitte.

Ich höre gar nichts, Lorentz, oder nur, dass du gern Marianne zu mir sagst. Ich weiß aber, wie ich heiße.

Und dein Vater, wie heißt der noch mal?

Das weißt du seit heute Nachmittag, und ich wiederhole seinen Namen jetzt nicht. Also lass es, lass das bloß!

Sie stand auf.

Bitte bleib.

Nein.

Bleib!

Sie war bereits zur Tür. Doch drehte sie sich noch einmal im Rahmen um und tippte mit dem Finger an ihre Schläfe, bevor sie ging. Ach, war es nicht mit jeder Frau so? Immer galt die gleiche Logik. Erst stand man mit ihr zusammen, dann hatte man mit ihr zusammen eine Erkältung, dann aß, dann schlief, dann sprach man mit ihr und sah sie manchmal dabei an – manchmal so, als wüsste man schon alles. Unhöflich laut fiel die Etagentür ins Schloss, bevor Lorentz seinen Gedanken zu Ende gedacht hatte. Weg war sie, aber der Abend blieb. Während sich jetzt das Baseball-Cap in der Kuhle des Federbetts lümmelte, stand Lorentz beim Fenster und schaute hinunter auf die Allee, Richtung U-Bahn-Station. Vielleicht kam sie zurück? Er schaute acht Stockwerke tief. An dieser Stelle fiel eine Küste steil ab ins Meer. So verharrte er lange, lange und verlagerte das Gewicht von den Fersen zu den Zehen, hin und zurück, hin und zurück. Als er jung war, hatte er stundenlang warten können. Jetzt wartete er eigentlich nicht mehr so richtig, sondern wippte nur auf und ab in der Unendlichkeit seiner alten Tage.

Ich bin noch ziemlich jung, hatte die Anruferin soeben gesagt, aber ich habe Alzheimer.

Seit wann haben Sie die Diagnose?

Seit einem Jahr oder zwei, ich weiß es nicht mehr so genau.

Die Krankheit, wusste Wanda, konnte damit beginnen, dass Socken im Kühlschrank lagen und man sich nicht mehr daran erinnerte, wie sie dahin gekommen waren. Anfangs fragte man sich noch, was ist mit mir, was hab ich denn? Später wurden Fragen und Sprechen weniger und weniger und verschwanden eines Tages ganz. Doch die Sinne blieben. Das Leben verging am Ende in einer Stimmung, die eigentlich nur noch von den Bäumen vor dem Fenster geteilt wurde. Wanda sah zum Fenster des Dienstzimmers 2. Auch hier im Hof gab es Bäume. Doch teilten sie keine Stimmungen mit ihr, sondern trennten Hinterhaus und Vorderhaus voneinander. Als langbeinige, langfingrige Schatten wuchsen sie bis zu den Regenrinnen empor, um in der Dunkelheit daraus zu trinken,

Und dann habe ich auch noch das Essen anbrennen lassen, berichtete die Frau am anderen Ende der Leitung, wissen Sie, die Waschmaschine piepte, und darüber habe ich den Herd vergessen.

Aber das hat nichts mit Alzheimer zu tun, das passiert mir auch.

Woher kam plötzlich der süßliche Geruch nach Klebstoff, den sie manchmal aus ihrem Depot nach Hause mitbrachte? Wanda sah auf den Digitalwecker neben dem Bildschirm. Es war 21.27 Uhr an diesem Ostersonntag. Die Frau hatte bald aufgelegt, und Wanda klickte auf dem Fragebogen herum. *Alter: zwischen vierzig und fünfzig / Geschlecht: weiblich / Lebensform: in einer Familie lebend / Berufliche Situation: arbeitsunfähig / Körperliches und seelisches Befinden …* Ach, alles weiß man leider nicht, sagte sie sich. Sie zögerte und sah wieder zum Fenster. Drüben im zweiten Stock Vorderhaus stand ein junger Mann neben seinem Kühlschrank. Beide waren ungefähr gleich groß, aber nur der junge Mann hatte Locken. Er telefonierte, lachte und klemmte sich das Handy zwischen Schulter und Kinn, um sich einen Hoodie um die Hüften zu knoten, bevor er das Licht in der Küche löschte. Kurz darauf ging die Beleuchtung im Treppenhaus an. Als Schattenriss rannte er von einem Flurfenster zum nächsten abwärts. Er rennt wie eine Ameise, dachte sie. Wahrscheinlich fuhr er ins Marzahn des Westens, genannt Märkisches Viertel, fuhr also zu Rieke und hieß folglich Arian. Warum hatte sie ihn eigentlich noch nie richtig wahrgenommen? Nein, sie hatte nichts gegen Muslime, fand Wanda, nur manchmal was gegen Männer.

Als Lorentz an diesem Abend auf seinem Sofa lag, geborgen zwischen bunten Designer-Kissen, stellte er sich auf der Grenze zwischen hellem Schlafen und dunklem Wachen vor, wie nach seinem Tod Freunde, ein Rest Familie und einige Kollegen von der Landesschau oder Sorgentelefon e.V. die Bücher aus den Schlafzimmerregalen nehmen und unter sich verteilen würden. Wer wohl würde zwischen Band vier und fünf der Hüsch-Gesamtausgabe seine Botschaft aus zwei Wörtern finden?

NICHT STREITEN!!!

Und wer würde dazu ein leises Lorentz-Lachen vernehmen – aus dem Jenseits?

Er richtete sich auf seinem Sofa auf, nahm ein Kissen auf den Schoß. Die ersten Zeilen eines Abendlieds fielen ihm ein: *Alles schläft und alles wacht / Alles weint und alles lacht / Alles schweigt und alles spricht / Alles weiß man leider nicht.*

A*ch, wildes Pferd springt nach Haus, altes Kind kommt nach Haus, die Lampen leuchten – der Tag ist aus*, schoss es Rieke zärtlich durch den Kopf, als Arian vor ihrer Tür stand. Wie gestern. Wie vielleicht morgen auch und die vielen Tage, Wochen, Jahre danach, die noch kommen würden? Es ist wohl etwas Ernstes, hörte sie ihre Mutter sagen. Rieke zog ihn in die Wohnung, um im Flur bereits den geknoteten Hoodie von seinen Hüften zu lösen. Eine Nacht begann, die bald ein Morgen wurde, den sie wieder zur Nacht machten, um sich zu verlieren und zu finden, zu verlieren und zu finden und wieder zu verlieren.

Auch Marianne konnte in dieser Nacht von Ostersonntag auf Ostermontag nicht schlafen. Einen Trenchcoat über dem Nachthemd verließ sie noch einmal das Haus. An den meisten Fenstern hingen

Laken aus Finsternis, während sie um den Block lief. *Alles schläft und alles wacht, alles weint und alles lacht,* summte es in ihrem Kopf, während sie von Schaufenster zu Schaufenster Zickzack wie ein Schmetterling durch einen fröhlichen Regen segelte. Schade, dass sie jetzt niemand sah! Nur der Regen, der sah sie, und er hatte in dieser Nacht eine eigene Farbe, die sie aber nur an seiner Bewegung erkennen konnte.

Als sie kurz nach Mitternacht vom Dienst kam, empfing Wanda ein Geruch nach Pizza im Hausflur. Sie schloss ihre Etagentür auf. Die Deckenstrahler in der Diele flammten auf. Den Bewegungsmelder hatte sie selbst eingebaut.

Die Lampen leuchten, der Tag ist aus, dachte sie, obwohl so ein Bewegungsmelder sich eigentlich wenig um Tag und Nacht scherte. Sie streifte die Schuhe ab und schob sie unter eine Garderobe, die viel zu niedrig für Erwachsene war und aus der Depotabteilung *DDR-Dubletten* stammte, wo alles lagerte, was vorerst keine museale Verwendung fand. Über kleinen blauen und roten Haken waren schmale Wechselrahmen für die Namen von Krippenkindern eingelassen. Manchmal schob Wanda für Besuch die typischen DDR-Vornamen ihrer Gäste hinter die Schutzfolien, um Ronny, Enrico und Maik oder Mandy, Jana, Kerstin und Nadine an eine sozialistische Kindheit zu erinnern, die irgendwann gewesen war und jetzt vielleicht nur noch aus den Träumen hing. Eine ganz gute Kindheit eigentlich, fand Wanda, in der man täglich zehn Stunden außerhalb der Familie hatte verbringen dürfen.

A*lles schläft und alles wacht, alles weint und alles lacht, alles schweigt und alles spricht, alles weiß man leider nicht*, sang es in Emilia, als sie aus Matthias' Tageslichtbad kam. Das Lied gehörte zu einem Kinofilm, den sie vor Kurzem gesehen hatte. Sie schob sich zwischen Matthias und Wand unter den ausgebreiteten Schlafsack. Ihre nackte Brust streifte seinen Bauch. Dann löschte er das Licht in der leeren Wohnung, aber das Lied ging im Dunkeln weiter: *Alles schreit und alles lauscht, alles träumt und alles tauscht, sich im Leben wieder aus – es sitzt schon der Abend auf unserem Haus …*

Der kleine Löffel in den großen geschmiegt schliefen Emilia und Matthias zwanzig Minuten später ein.

Vorsichtig berühre ich die Tasten und fürchte den Ton, denn es ist schon spät, und die Nachbarn schlafen. *Schmetterling kommt nach Haus, kleiner Bär kommt nach Haus, Ameise rast nach Haus, die Lampen leuchten – der Tag ist aus. Marianne fliegt nach Haus, wilde Wanda springt nach Haus, altes Kind schläft zu Haus … Die Lampen leuchten – der Tag ist aus.* Alles, alles muss vertont werden, sage ich nicht zum ersten Mal zum Wasserschaden über meinem Klavier, den vor meinem Tod wahrscheinlich niemand mehr überputzen wird. Wirklich alles, fragt eine innere Stimme zurück, alles muss vertont werden? Findest du es dann in Ordnung, von Schrey, dass ich in deiner Geschichte nur eine dramaturgische Funktion habe und keine richtige Figur bin? Ich komme mir vor wie eine von diesen albernen Prinzessinnen bei Shakespeare. Sobald sie für die Handlung ihre Schuldigkeit getan, aber kaum etwas gesagt haben, werden sie zurück ins elterliche Schloss geschickt, wo sie in leeren, unbeheizbaren Sälen verschwinden, in denen sie bis zum Ende des Stücks oder bis zum Ende ihres Lebens Ball spielen dürfen.

Wer spricht?, frage ich leise Richtung Wasserschaden.

Emilia, sagt Emilia.

Wieso kennst du Shakespeare?

Wegen Matthias, weißt du doch.

OSTERMONTAG

Die Architekten der Siedlung hatten sich in den Sechzigern ihre Gedanken gemacht über die Einfallwinkel der Sonne zwischen den hohen Häusern wie auch über die Staffelung der Balkonfarben. Es sollte schön und demokratisch zugehen am Rand der Stadt, der sich abends, an Wochenenden und Feiertagen zu schnell wie der Rand der Welt anfühlen mochte. Es gab ein Fernheizwerk, eine Heidekrautbahn, Einkaufszentren, Schülerlotsen, Rapper, den Weihnachtsmarkt, eine Waldorfschule und weiter Richtung Westen eine Irrenanstalt, die keine mehr war. In der Nacht hatte Rieke in ihrem Märkischen Viertel geträumt, sie habe eine ganz kleine Frau bei sich, die auf ihrer Handfläche starb, während die Rüschenhaube auf dem Haar der Frau weißer und weißer wurde. Weder die Frau noch die Haube wollte Rieke im Traum zerdrücken. Am Ende schlossen sich die Rüschen wie eine Blüte über dem Gesicht der Frau, doch noch immer sprach sie.

Und am Ende schrie sie.

Sind Sie noch da, sind Sie noch da, Frau von Schrey?, hatte Rieke laut zurückgeschrien, und Arian musste sie wecken.

Jaja, der alte Horst aus dem 13. Stock, der ist ja nun auch schon tot, hatte sie gedacht und sich von Arian weggedreht.

Ihr Fenster stand offen. Die Glocken von St. Martin läuteten den Ostermontag ein. Arian duschte. Neben der Tür zu Riekes Bad posierte ein ziemlich großer, gelber Porzellantiger auf seinen Hinterpfoten, der aus Riekes Kinderzimmer in Dortmund mit nach Berlin gezogen war. Über dem metallenen Schreibtischstuhl hing ein Fell. Einen Schrank gab es nicht, aber eine Kleiderstange auf Rollen, ebenso beweglich wie der Schneiderspiegel, der mal hier-, mal dorthin wanderte, um überall im Weg zu stehen. Als es gestern Abend spät an ihrer Tür klingelte, hatte sie rasch die letzten Korrekturen der Übungspredigt gespeichert und den Schnellhefter *Selbsteinschätzung* mit dem Gesicht nach unten gelegt, bevor sie Arian öffnete.

Die Glocken läuteten noch immer. Auf, schoss es ihr durch den Kopf, los, auf, auf, Rieke, zum Emmausgang!

Jedes Jahr hatte Riekes Vater den Bruder und sie am Ostermontag früh zum Emmausspaziergang geweckt. Sobald die ersten Glocken läuteten, waren sie zu dritt unterwegs gewesen. Der Vater war Pfarrer, hatte aber trotzdem frei. Die Mutter übernahm am Ostermontag Predigt und Gottesdienst in der Kirche, die die Eltern gemeinsam betreuten, bis zu dem Tag, an dem der Vater mit der Gemeindehelferin durchbrannte und die Mutter mit den zwei Kindern in jenes Haus am Kanal zog, das Rieke in keiner guten Erinnerung behalten würde. An mindestens acht Ostermontagen jedoch war morgens um sieben die Welt noch in Ordnung gewesen, im Pfarrhaus, in diesem kleinen soliden Ding aus den Fünfzigerjahren, das sehr eigenständig aussah mit seiner karminroten Fassade. Es hat Ähnlichkeit mit eurer Mutter, hatte Riekes Vater einmal zu den Kindern gesagt, es ist ein Haus mit braunen Augen. Irgendwann werden eure Lebensläufe auch Häuser sein, aus deren Fenstern ihr die Welt deutet. Den Satz hatte der Vater geklaut, hatte er später zugegeben. Doch benutzte er ihn einfach weiter, sobald es zu passen schien. Auf dem Weg vom karminroten Haus in den frühen Ostermontag hinein erzählte der Vater die immer gleiche Passage des Evangeliums nach. In den ersten Jahren führte sein Pilgerpfad durch Brennnesseln, wilde Wiese und vorbei an fünf Apfelbäumen bis zum Wald. Dann kamen die Bagger, Lader und Raupen, die Drucklufthämmer und

Kräne. Nach zwei Jahren Bauzeit gab es keinen Pilgerpfad mehr, sondern nur noch eine ungeheuer kahle Straße, gesäumt von lackierten Streichholzschachteln, die sich Einfamilienhäuser nannten. Eine sparsame Bepflanzung, viel Kiesfläche und hier und da ein polierter Stein in den Vorgärten erinnerten daran, dass der Tod nicht nur auf Friedhöfen wohnt. Die fünf Apfelbäume beim Wald aber blühten zu Ostern unbeirrt weiter. Der Vater ging langsamer, sobald sie näher kamen. Er änderte den Ton und sprach: Zwei Jünger Jesu auf dem Heimweg von Golgata nach Emmaus vergegenwärtigen sich all die Geschichten, die den Herrn bereits zur Legende gemacht haben. Er soll der Sohn Gottes gewesen sein. Er soll tot, er soll auferstanden sein. Die beiden Jünger weinen, aber sie reden auch. Denn im Erzählen bekommen die schlimmsten Katastrophen einen Sinn. Plötzlich ist da ein Dritter, der mitgeht, sagte der Vater, sobald sie selbst zu dritt unter den Apfelbäumen ankamen. Wenn Rieke dann die Augen zusammenkniff, lagen die fünf Obstbäume nicht am Rand eines deutschen Walds, sondern in flirrendem Licht, also in Wahrheit an einer Schotterstraße im Gelobten Land. Wie durch ein Wunder waren sie an der Grenze des Erzählens zu Ölbäumen geworden, und in der Ferne rauschte die Autobahn zwischen Tel Aviv und Jerusalem wie das Meer. Der Dritte hört schweigend zu, sagte der Vater, während sie zu dritt weitergingen und sich dem Waldrand näherten, wo plötzlich gewöhnliche Kiefern wie Pinien und Eukalyptus in einem ganz anderen Land rochen. Trockenheit hatte ihnen die unteren Zweige heruntergerissen. Wer der Dritte ist, wissen die Jünger nicht, sagte der Vater, ihre Augen sind gehalten. Das heißt, sie sehen nicht, was sie sehen. Sie sind wohl noch immer blind vom Weinen, und sie erkennen Jesus nicht. Doch als er sich verabschieden will, bitten sie ihn um etwas, als hätten sie plötzlich eine Ahnung, die sich nicht traut, Gewissheit zu sein. *Herr, bleibe bei uns, denn es will Abend werden, und der Tag hat sich geneigt,* sagen sie.

Danach hatte der Vater den Wald betreten, Jahr um Jahr, mit den vorsichtigen weiten Schritten seines Metiers.

Arian duschte noch immer. Rieke lag auf ihrem Bett. Was dachte er wohl von ihr? Dass sie von der Göttlichkeit anderer Religionen, also auch von ihm etwas wissen müsste, weil sie Theologie studierte? Mit gesenkter Stimme, als hätte die Dunkelheit in ihrem Zimmer Augen und Ohren, hatte er gestern gegen drei in der Frühe von einem Vorfall am Tempelberg erzählt. Laut einer Überlieferung, mit der Arian aufgewachsen war, sollte dort vor seiner Himmelfahrt Mohammed einem jüdischen Propheten namens Jesus begegnet sein. Um diese heilige Nacht herum war später der Felsendom gebaut worden. Arian, auf Besuch dort, hatte sich beim Eingang für Muslime angestellt und als Eintrittskarte die ersten Verse des Korans aufsagen sollen. Konnte er nicht mehr. Zwischen zwei empörten Türhütern versuchte er sich zu erinnern. Ging nicht. Also stellte er sich beim Eingang für Touristen an, wo man ihn fragte, *Sir, are you Muslim*? Wieder Aufruhr, wieder Gezeter, denn der Eingang war Christen und Juden vorbehalten. Erleichtert war ich, hier kein Gebet aufsagen zu müssen, hatte Arian gestern Nacht gesagt, also habe ich zu diskutieren angefangen. Auseinandersetzungen liegen mir mehr als Glaubensbekenntnisse, Rieke, und nur Allah wird darüber richten, ob ich Muslim bin oder nicht. Das habe ich denen vom Touristeneingang auch so gesagt. Ich muss vor Gott geradestehen und nicht vor euch, Leute! Gott geht es nicht um eure Nichtigkeiten, aber vielleicht um mich. Und keine Angst, Leute, wenn ihr mich jetzt reinlasst, seid ihr mich in einer halben Stunde wieder los. Für immer. Selbst auf dem Weg nach Mekka werden wir uns nicht wieder begegnen. Denn ich werde nie, nie unrasiert, ungekämmt und mit langen Fingernägeln als Haddschi von einem Haddsch kommen, um anschließend auf der Schönhauser Allee herumzustehen, immer mit Blick auf die Uhr, wann endlich wieder Zeit zu beten ist.

Das hast du so gesagt, Arian?

Ja, sagte er, nur die Sache mit Mekka nicht, wenigstens nicht ganz so. Trotzdem, ich fühle mich diesen islamisch-orientalischen Dingen verbunden. Auch die Menschen dazu sind mir nah, nah wie eine Heimat, die ich nie hatte. Wenn sie mich anschauen, merke ich, sie erkennen mich. Ich wende mich ab, denn genau der will ich nicht sein. Schaue ich wieder hin und begegne wieder ihren Augen, erkenne ich mich selbst. Genau der kann ich nur sein, Rieke.

Vielleicht, sagte Rieke, bist du so muslimisch wie viele meiner Freunde christlich sind, weil Reste eines alten Kinderglaubens sie so berühren wie auf Reisen das letzte Butterbrot von daheim.

Vielleicht, wiederholte Arian.

Alles komisch, meinte sie.

Genau, am Ende bin ich auch als komischer Vogel in den Felsendom hineingekommen, hatte Arian in der Nacht gesagt.

Sie drehte sich in ihrem Bett auf die Seite und schaute zum offenen Fenster. Würde der Tag heute auch ihren Namen tragen so wie die letzte Nacht? Falls Arian aus einer gläubigen Familie kam, hätte er dann machen dürfen, was sie beide in den letzten Stunden gemacht hatten? War das nicht Sünde und gegen all seine Vorstellungen von Reinlichkeit und Schamgefühl? Von Mannsein und Frausein? Schlief er auch mit anderen, mit muslimischen Frauen? Sie war Donnerstagnacht von der Hochbahn aus gleich mit zu ihm gegangen – was dachte er deswegen von ihr? Spielte das eine Rolle, oder spielte es eine Rolle, dass sie sich die Frage stellte? Jedenfalls würde Arian als Bruder keine Drohungen von seinen Schwestern aushalten müssen, weil er mit einer wie Rieke schlief, die vollgestopft mit Halbwissen über die Religion anderer sich in der ersten Nacht gefragt hatte, ob dieser Mann wohl beschnitten war, den sie da gerade auszog. Rieke auf ihrem Bett legte sich auf den Rücken und zog die

Knie zum Bauch. Maschalla! Wie ausgehungert sie und er gewesen waren. Überrannt von Gefühlen hatten sie sich beide in die Hand des anderen gelegt.

Die Glocken von St. Martin hatten mittlerweile aufgehört zu läuten. In Riekes Bad schwieg auch die Dusche. Was er jetzt wohl machte, wo er sich nicht mehr wusch? Für ein Mittagsgebet war es zu früh, für das Morgengebet längst zu spät. Ob er trotzdem den Duschvorleger Richtung Osten ausgerichtet hatte und auf den grauen Zementfliesen ihres Bads kniete, so wie neulich dieser Kerl beim Autobahnparkplatz auf einem Stück Pappe neben seinem Laster gekniet hatte? Warum wurde Arian ihr plötzlich fremd wie ein fremder Lastwagenfahrer? An seiner Seite würde sie in keiner Nacht von einem anderen Mann träumen, ganz sicher.

Träumst du, oder denkst du?

Die Stimme kam vom Bad her. Die Sonne schien auf das Bett und in ihr Gesicht. Rieke schaute zu ihm und wusste, wie sie dabei aussah. Aber würde das auch helfen?

Vorschlag, sagte er, ich gehe gleich mit dir zum Dienst.

Wieso das?

Arian zuckte mit den Schultern.

Das ist nicht erlaubt!

Arian zuckte mit den Mundwinkeln und sagte: Es ist auch mein Nachhauseweg und erlaubt ist, was gefällt, oder?

Sie gab keine Antwort. Er zuckte mit den Lidern, dann nicht mehr. Denn plötzlich waren seine Augen wie zwei Schmelzöfen, die sie auf ihr Metall prüften, während er langsam zum Bett kam. Rieke hatte sich aufgesetzt. Er stand dicht vor ihr und umfasste mit einer Hand ihr rechtes, dann mit der anderen ihr linkes Knie so hart, als seien seine Finger eine Wegfahrsperre.

Warum willst du zum Dienst mitkommen?

Darum.

Geht das bitte auch genauer?

Ich will von deinem Fenster aus sehen, wie es für dich war, als wir einander noch nicht kannten, sagte Arian.

Emilia saß nackt und im Schneidersitz auf dem nachtblauen Innenfutter seines Schlafsacks. Matthias nahm sich vor, einen Morgenmantel für diese Frau zu kaufen, am besten in der gleichen Farbe wie das neue Linoleum für seine neue Wohnung. Vielleicht würde ein warmes Moosgrün Emilia davon überzeugen, dass ihr Leben nicht weiter von all dem bestimmt sein müsste, was ihr fehlte, oder all dem, was sie noch nicht gemacht, noch nicht erlebt hatte. Außerdem, vielleicht war sie an seiner Seite längst schon da, wo sie sein musste. Wie jetzt zum Beispiel, hier auf dem Schlafsack. In seiner Nähe würde sie nie mehr wie damals im Stuhlkreis beim Thema *Selbstmord* lachen und behaupten müssen, damit habe sie gar nichts am Hut, doch beneide sie manchmal die, die tot seien.

In Emilias Rücken gluckerte die Heizung. Die Füße leicht ausgedreht, das Tablett in beiden Händen, stand Matthias vor ihr und las aus der Tageszeitung vor: Die Kinderszenen gehen sehr weit. Die Ermordung des Mönchs, der früher ihr Lehrer war, müssen sie selber bewältigen: Plastiksack über den Kopf, zuziehen, fertig. Während sich die Figur zu Tode zappelt, fällt der Vorhang. Mein Gott, unterbrach ihn Emilia, ich weiß schon, warum ich nicht ins Theater gehe. Von wem ist das Stück?

Shakespeare, sagte er, *Romeo und Julia* – glaube ich.

Sie wickelte sich in den Schlafsack, zog den Reißverschluss an der Längsseite zu und sah aus, als wollte sie tatsächlich für immer bleiben. Kurz darauf aber ging sie. Soll ich mir die Haare abschneiden lassen?, fragte sie noch in der Tür.

Dann wärst du eine andere, eine andere schöne Frau.

Würdest du denn auch eine andere schöne Frau lieben, mein Matthias?

Er hörte ihre Schritte im Hausflur, die nicht langsamer oder schneller, aber immer leiser wurden, und legte sich vor der Heizung in eine zweite Wärme, die ihm seine Prinzessin an diesem späten Ostermontagmorgen dagelassen hatte.

Wanda bremste scharf. Marianne hielt reflexartig den Gurt von sich weg.

Meine Bluse ist frisch gebügelt, sagte sie.

Die Straßen Berlins ruhten mittäglich und waren fast leer. Auf der Fahrt zum See hatte Wanda bislang an keiner Ampel anhalten müssen. Aber jetzt. Marianne schaute aus dem Seitenfenster. Wanda folgte ihrem Blick. Der Mann am Steuer nebenan musste Ende fünfzig sein. Der cremefarbene Ledersitz neben ihm war leer. Er ließ das Dach des BMW-Cabrios nach hinten fahren, während er Marianne anlächelte. Ein Blick länger als drei Sekunden war ein Kontakt. Der Mann sah gepflegt aus. Er würde zur Bluse passen.

Ein besonders schönes Wetter heute und besonders schöne Marktblumen auf meinem Tisch, hatte Wanda am Morgen gedacht, als sie im gestreiften Schlafanzug in ihrer Küche saß. Sie war nicht ganz Mann, aber auch nicht ganz Frau und machte eigentlich alles ganz gut, fand sie. Den schwankenden Plankenboden von großen Schiffen hatte sie hinter sich gelassen und war an Land angekommen, um auch hier keine Angst vor irgendwelchen Vorgesetzten zu haben. Sie trugen keine himmelblauen, peinlich engen Anzüge und ölige Scheitel mehr wie in der DDR, doch hatten gewisse alte Hasen aus West und Ost noch immer dieses Grinsen im Gesicht, als hielten sie etwas gegen sie in der Hand – und sei's nur das Geschlecht. Manchmal war einer anders.

Ach Wanda, wie unbekümmert Sie doch immer in diesen blöden Multifunktionshosen zur Arbeit kommen, hatte neulich der Geschäftsführer des gemeinnützigen Museumsfördervereins gesagt, aber selten habe ich alter Mann, der auf Frauen im Kostümchen steht, so wie bei Ihnen gedacht: Die passt! Die ist jung, mal sehen, was aus der noch wird!

Wanda legte die Hände auf den Küchentisch und spreizte die Finger. Eines Tages würde sie nicht nur den Museumsförderverein, sondern auch die Welt überraschen. Zuerst mit ihrem *Ostcatwalk* und bald darauf mit einer Ausstellung unter dem Motto *Die schöne Stimme des Schrotts*. Her mit dem schönen Leben, forderten nämlich all diese Stimmen der ausrangierten Dinge, von denen die eine oder andere manchmal klang wie Wandas eigene.

Sie lebte zur Miete im Westteil der Stadt, Nähe Bahnhof Zoo. Gleiches Baujahr wie ich, sagte sie gern über ihr Wohnhaus, aber einander kennenlernen, das konnten wir lange nicht. Ihr Appartement aus zwei Zimmern, einer schmalen Küche und einem winzigen Bad mit Dusche lag über der Durchfahrt zum Hinterhof und den Parkplätzen der Hausbewohner. Von ihrem Schlafzimmerfenster aus sah Wanda an einem zweiten Feiertag wie diesem auf ein Dutzend Autos, Mülltonnen und eine einzelne wilde Akazie, die sich am Ende des Grundstücks selbst ausgesät hatte.

Es war kurz nach neun gewesen, als es klingelte. Vor der Tür wartete Marianne mit einem Gesicht wie ein ausgesetztes Viech, das schon zufrieden ist, wenn es auf einer Schwelle ausharren darf.

Komm rein.

Gern, antwortete Marianne, aber blieb stehen.

Alleinsein schade der Gesundheit, vor allem nachts, hatte Marianne einmal im Stuhlkreis zugegeben. Ich sollte, hatte sie gesagt, mehr Spätdienste machen, denn ich bin weniger allein, wenn ich mit anderen telefoniere, die noch einsamer sind als ich. Außerdem sind die Gespräche nachts oft weniger einfallslos, oder? Doch nie würde Marianne sich in der Dienststelle schlafen legen. Nie würde sie morgens unter den Augen des pickligen Mädchens im Sekretariat aus dem Zimmer des Dienststellenleiters kriechen, um noch unfrisiert an den Küchenkühlschrank zu gehen. Nie! Das Zeug dort zu frühstücken sei wie ein Frühstück am offenen Grab, hatte sie einmal zu Wanda gesagt.

Los, komm rein, Marianne! Wanda zog ihre Schlafanzughose hoch. Ich mach Kaffee.

Geht auch Tee?, fragte Marianne.

Nachdem Marianne den Inhalt eines DIN-A4-Briefumschlags auf den Küchentisch geworfen hatte, setzte sie sich und befummelte die Blumen in Wandas Vase.

Was denkst du, bin ich das?

Manchmal, sagte Wanda nach einer Weile.

Die Porträtfotos waren tatsächlich schlecht. Auf jeder Aufnahme stand Marianne der Schreck, gesehen zu werden, und gleichzeitig der Schreck, nicht gesehen zu werden, im Gesicht.

Jetzt schau mal hier, sagte Marianne, zog ein einzelnes Foto aus ihrer Geldbörse und schob es neben die anderen.

Wanda sah zwei Leute, die gerade bei Regen heirateten, sie in Weiß, er in Schwarz. Die mit dem Hochzeitspaar abgelichtete Umgebung hatte sich angepasst und sich ebenfalls gegen Farbe, aber für ahnungsvolle Grauschattierungen entschieden, wenigstens auf diesem Abzug. Was mochte wohl der Entwicklerflüssigkeit beigemischt gewesen sein? Vielleicht schon eine Art Erinnerung an jenen schönen Tag? Wanda drehte das Foto um. *1988* hatte jemand mit Hand auf der Rückseite notiert. Sie sah sich noch einmal das Bild an. Seht!, sagte es aus der Sicht eines unbekannten Fotografen, der Gast an dem verregneten Hochzeitstag gewesen sein mochte. Seht her, der Mann in Schwarz ist Statist. Die Frau in Weiß aber wird uns in Erinnerung bleiben mit ihrer Anmut, Skepsis und leichten Abwehr. Seht nur, wie sie auf der regennassen Straße das

Kleid seitlich rafft, sodass all ihre Zerbrechlichkeit jetzt und ihr zukünftiges Zerbrechen in diesem einen Moment deutlich werden.

Das bist du, Marianne, sagte Wanda, was willst du damit?

Dir zeigen, damit du es vergleichst mit den Porträtfotos jetzt.

Wer hat die gemacht?

Ist doch egal – machst du neue?

Warum?

Marianne tippte auf ihr Hochzeitsfoto und sagte, ach Wanda, das kann doch nicht alles unsichtbar geworden sein.

Ein Kronleuchter mit sechs imitierten Tropfkerzen hing über Wandas Küchentisch. Er war ein Geschenk der Vormieterin, gekauft vor langer Zeit in einer Eisdiele, deren Besitzer für die Wintermonate regelmäßig nach Sizilien zurückkehrte und den Gastraum an Ramschverkäufer untervermietete. Westen eben, hatte Wanda bei der Wohnungsübergabe gedacht und aus volkskundlichem Interesse den Leuchter hängen lassen. Aus einem ähnlichen Beweggrund heraus fragte sie jetzt Marianne, wofür sie denn die neuen Porträtaufnahmen brauche.

Parship, sagte Marianne.

Ach.

Was heißt bitte *ACH*?

Ich weiß nicht genau, aber mir fiel Matthias gerade ein.

Matthias, der?

Ja, d e r Matthias.

Das ist doch nicht dein Ernst.

Wieso nicht?

Matthias und ich?

Warum nicht?

Wie albern, Wanda …

Wieso, er fotografiert doch auch – auch Porträts.

Ach so, sagte Marianne und wurde verlegen, so meinst du das.

Wie denn sonst?

Wieder zog Wanda ihre Schlafanzughose hoch, bevor sie ins Bad ging. Marianne folgte und redete durch die geschlossene Tür hindurch weiter: Ich bin zu alt, um mich von Männern fotografieren zu lassen, ich bin grundsätzlich zu alt dafür, mich fotografieren zu lassen.

Und warum fragst du dann mich?

Du fotografierst doch auch im Museum.

Aber doch nur Objekte, Marianne …

Wanda, mit Zahnbürste im Mund, öffnete die Badezimmertür und starrte ihren Besuch an. Um Mariannes Mund zuckte ein Gefühl, das versuchte, keins zu sein. Ein wenig zuckte auch die enge hellblaue Flanelljacke, die wie ein Korsett saß. Lange würde es nicht mehr dauern, bis alle Marianne nur noch *Tante Marianne* nennen würden, und das nicht nur hinter ihrem Rücken. So steif, wie sie jetzt zum Küchentisch zurückging, um sich vorsichtig oder sogar ängstlich auf den Rand eines Stuhls zu setzen, könnte sie ebenso gut auch eine alte Puppe sein, eine Puppe aus Plaste, hergestellt bei Sonneberg. Ich müsste nur noch eine Objektnummer mit Verweis auf ihren Jahrgang erfinden, dachte Wanda, *VEB Sehnsucht 64* vielleicht?

Ich habe übrigens gestern auf der Straße einen Hund gestreichelt, sagte da Marianne wie aus dem Nichts, es war zum ersten Mal in meinem Leben, dass ich so etwas getan habe, und ich hoffe, der Hund mag mich. Und jetzt lass uns an den See fahren.

Wanda nahm die Zahnbürste aus dem Mund.

Bitte, Wanda.

Jetzt?

Jetzt gleich, bitte.

Bevor sie bei einem blassblauen Metallzaun aus Blumenornament den Wagen abschloss, griff sich Wanda die Kamera vom Rücksitz und hängte sie sich über die Schulter. Marianne nahm die Handtasche, und Wanda nahm sie ihr weg, um sie in den Kofferraum zu werfen. Lass die hier!

Wieso das?

Ich mache keine Fotos von Damen mit Handtasche.

Es war ein milchiger Seetag mit ersten Mücken. Nicht weit von ihnen glänzte der Waldrand auf. Wie Bullerbü, dachte Wanda. Gern hätte sie einen Sommer in diesem Idyll verbracht, das weder im Westen noch im Osten, sondern eigentlich in einem alten Raum lag, der nur erzählbar, aber nicht mehr betretbar war. Ein Raum, im dem es Freundschaften mit Tieren gab und lange Sommer, deren Hitze die Zeit in Ewigkeit verwandelte.

Mich, sagte Marianne in dem Moment, erinnert das hier an früher, obwohl es bei uns ganz anders aussah als hier bei euch im Osten.

Ach, sagte Wanda.

Ja, neben dem Mietshaus, in dem ich als Kind gewohnt habe, stand eine Fabrik für Metallverarbeitung. Das Fabrikgelände und den Hof hinterm Haus, wo wuchs, was wollte, trennte eine Mauer, an die sich die Arbeiterinnen bei gutem Wetter in der Mittagspause lehnten. Sie aßen, rauchten und lachten mehr, als dass sie redeten. Im Sommer hingen Kletterblumen wie gestrickt über die Mauerkrone. Ich lag im Wäschekorb unter dem Birnbaum und betrachtete die Unterseite der Blätter. Deren hellere Bäuche. Wenn die Blätter sich bewegten, versuchte ich, nach ihnen zu greifen. Die Welt ist ein freundlicher Ort, und es wird immer so bleiben, hätte ich damals ohne Nachdenken zu Protokoll gegeben, so zahnlosglücklich wie ich war. Ohne den Hof damals würde ich mein Leben nicht verstehen, sagte Marianne leise und ernst.

Ein Mann hinter dem blassblauen Metallzaun aus Blumenornament, bei dem Wandas Wagen parkte, hatte angefangen, seinen Rasen zu mähen, als zöge er in den Krieg.

Und der Hof, die Arbeiterinnen, die Kletterblumen und dein

zahnlosglücklicher Mund sollen gleich mit auf den Fotos zu sehen sein?, fragte Wanda.

Ja.

Wie soll ich das denn machen?

Könntest du nicht mit einer bestimmten Belichtungszeit auch Lebenszeit einfangen, und könntest du nicht einfach ganz langsam fotografieren, Wanda?

Sonst noch Wünsche?, antwortete Wanda, doch fand sie, dass Marianne recht haben könnte. Was Fotografie ausmachte, waren schließlich die Ausgangs- und Rohmaterialien Licht und Zeit. Ihre Kamera war eine Mamiya. Den alten Rollfilm von Ilford hatte sie bei eBay erstanden. Die alte Mamiya nahm sie wegen der Tiefenwirkung. Festgehalten zwischen Schärfe und Unschärfen würde Marianne sich auf den Fotos vom Hintergrund absetzen. Platz für etwas Drittes wäre so gewonnen. Für einen Raum aus Zeit, belichtet von einem Früher und entwickelt von der Erinnerung in den Dunkelkammern des Gehirns.

Als nach wenigen Schritten das Geräusch des Rasenmähers hinter ihnen verstummte, drehte Wanda sich noch einmal um. Der Mann hinter dem blassblauen Metallzaun schaute ihnen nach mit dieser ängstlichen Skepsis von Leuten, die gern über dem frühen Abend, wenn er noch hell ist, die Jalousie herunterrasseln lassen oder ihre Vorhänge wie eine Mauer zwischen sich und die Welt draußen ziehen. Also doch nicht Bullerbü, sondern alter Osten? Wanda hakte sich bei Marianne unter und sagte mit hoher, halb singender, halb schnarrender Stimme: Übrigens, bei Grenzdurchbruchsversuchen muss von der Schusswaffe rücksichtslos Gebrauch gemacht werden, und es sind die Genossen, die die Schusswaffe erfolgreich angewandt haben, zu belobigen, verstanden?

Das war wieder der Honecker! Marianne lachte.

Da drüben, nicht weit von hier, verlief genau diese Grenze. Wanda zeigte hinter sich, aber Marianne drehte sich nicht um.

Ein letztes Haus, das wie ein altes Kindermädchen aussah, ein letzter eigenwilliger Metallzaun Marke Eigenbau, an dem eine schlammverspritzte Schwalbe lehnte, und dann eine rot-weiße Schranke, die den Weg zum Waldweg erklärte, gaben Wanda das Gefühl, das Leben könnte so einfach sein, wenn man sich nicht darum bemühte. Am Himmel hingen die Wolken und schienen zu summen. Zwischen den Bäumen glitzerte der See. Bald würde das Gras am Wegrand kniehoch stehen und die Sonne einem, vor allem am Abend, tief in die Augen schauen. Während sie sich dem See näherten, stieg in Wanda ein Gefühl hoch, scharf und heiß. Es hob sie in die Luft und ließ sie gleichzeitig fallen. Es war wie Kettenkarussell fahren ohne Kettenkarussell. Alles stimmte. Lag wohl an ihm – dem See. Besser wusste sie es nicht zu sagen. Marianne lief neben ihr und hatte Ähnlichkeit mit einem eingedrehten Schirm, den man überall vergisst. Trotzdem, in der Lücke zwischen ihnen, durch die nicht einmal ein Vogel gepasst hätte, war noch jemand mit dabei. Ein gläserner Gast. Das Glück. So war es, und dann war es schon fast wieder vorbei. Aus dem Geäst über ihnen machte es *harr, harr.* Eine Krähe flatterte vor ihre Füße, legte den Kopf schräg und blieb sitzen. Kennen wir uns?, fragte Wanda. Da flog die Krähe fort.

Dein Honecker heute, sagte Marianne, klang übrigens genauso echt wie gestern in Lorentz' Schlafzimmer dein Hitler.

Wanda nahm ihre Hand aus Mariannes Armbeuge und hängte sich den Fotoapparat über die andere Schulter.

Du möchtest also auf den neuen Fotos nicht nur hübsch aussehen?, fragte sie.

Auch hübsch, sagte Marianne, aber mehr als das.

Ich hätte dann aber, sagte Wanda, mit dir nicht an den See, sondern spät am Abend in ein Café gehen und abwarten müssen, bis du auf den Tisch gelehnt einschläfst.

Schlafen an einem öffentlichen Ort, das würde ich nie!

Aber etwas würde sichtbar. Vielleicht wäre der oberste Knopf deiner Bluse offen. Auf jeden Fall wäre es dein Mund. Deine Müdigkeit und schlaflosen Nächte sowie die späte Stunde der Umgebung, sie alle würden auf dem Foto ihre eigenen Aussagen über dich machen.

Und was ist mit dem Hof, den Arbeiterinnen und meinen Kletterblumen von früher – sollen die etwa alle weg und vergessen sein für so ein müdes Jetzt?

In der Ferne knatterte der Rasenmäher wieder los.

Okay, sagte Wanda, habe verstanden, du willst hübsch ausgeschlafen aussehen.

Als sie zwei Stunden später den See umrundet hatten und zum Auto zurückkamen, holte Wanda Mariannes Handtasche aus dem Kofferraum und schlug energisch den Deckel wieder zu. Aufgeschreckt antwortete ein Huhn, das wie der Rasenmäher auch zum skeptischen Mann hinter dem blassblauen Metallzaun gehörte. Das Gackern klang wie eine Purcell-Arie aus *Dido und Aeneas: When I am leaving*, aber in einer scharf abgehackten, etwas weinerlichen Interpretation. Wanda schaute über den Zaun zum Hühnerkäfig hin. Das Viech hatte zwar eine dramatische Federfrisur, aber wohl keinen richtigen Schreck bekommen. Es hatte nur ein Ei gelegt. Wanda öffnete die Fahrertür, stieg aber nicht gleich ein. Sie stand da, mit Mariannes Tasche vor dem Bauch. Einen Film hatte sie verknipst. Was würde tatsächlich sichtbar werden, wenn sie ihn entwickelte? Marianne mit dem Pagenkopf, wie ihn viele Frauen ihres Alters trugen? Marianne mit Flanelljacke, blau und eng wie eine Zwangsjacke, darunter die gebügelte Bluse und von der Taille abwärts der schmale Rock, Länge knieumspielt, sodass der Betrachter gerade noch eine Ahnung davon bekam, dass die Beine jünger waren als der Rest Frau, unbeschädigter, fest, fast mädchenhaft? Zu alt!, würden trotzdem die Männer denken, die Parship.de aufriefen, vor allem, wenn sie selbst noch älter waren.

Meine Tasche, sagte Marianne und hob auf der anderen Seite des Wagens beide Hände.

Wanda warf sie ihr zu, so wie man den Wagenschlüssel als stumme Aufforderung wirft: Fahr doch du!

Marianne aber kam mit betont entschlossenem Schritt um den Wagen herum, als hätte sie getrunken. Dicht vor Wanda blieb sie stehen, strich ihr mit dem Handrücken über die Wange und sagte: Übrigens, ich bin grundsätzlich nicht zu alt dafür.

Wofür?

Geliebt zu werden.

Früher Nachmittag. Draußen April, aber kein solches Wetter. Drinnen stand Lorentz im Morgenmantel am hohen Fenster und sah zu den Hausdächern gegenüber, über die die Wolken zogen – wer weiß, wohin. Vielleicht in eine nahe Zukunft, in der bereits an Gründonnerstag ein heftiger Wind aufkommen und tröpfelnder Regen die Sonne ablösen würde, über seiner Frankfurter Allee. Gegen 20.00 Uhr würde sich jener Himmel in jener nahen Zukunft in ein überraschendes Dunkelblau kleiden und sanfter als sonst Richtung Nacht Abschied nehmen. Ebenso an Karfreitag, Karsamstag und Ostersonntag, bis an Ostermontag Schneeregen aufkäme, der längst schon in der Luft gelegen haben würde. Ostern war nicht harmlos. Auch in Zukunft nicht. Lorentz zog den Gürtel seines Morgenmantels vor dem Bauch fest. Ostern war schon in der Vergangenheit nicht harmlos gewesen, wenigstens für ihn nicht, der einmal im alten Westberlin und an so einem Ostermontag im ersten Stock unter der Erde in einer Liveshow gelandet war.

Sie kommen gerade richtig, hatte die Frau an der Kasse gesagt, die so tat, als ob sie ihn kenne. Sie tanzt gerade.

Wer?

Emilia, sagte die Frau.

Lorentz hatte den Mann neben sich an der Kasse den Hosenknopf drehen sehen und gedacht, dass früher auch dies als Währung gegolten hatte, als er noch klein war und der da auch.

Wie ist es denn da drin?, hörte er sich leise fragen.

Wie im Theater, hörte er den fremden Mann sagen, nur wirklich und geiler. Zwölf Männer saßen zu Füßen einer engen Bühne, und die Frau, die wohl mit Künstlernamen Emilia geheißen hatte, fuhr mit der Hand zwischen die Brüste, den Bauchnabel abwärts, und Lorentz hatte– … Sie tanzte, und er war sich sicher, sie schaute nur ihn an und schälte nur ihn heraus aus dem Dunkel, in dem er mit den anderen Kunden saß. Er schloss die Augen. So erinnerte er sich an sich. Das war noch er. Neben ihm atmete jemand schwer. Nimm den Hund aus dem Gesicht, dachte er, ohne den Kerl anzuschauen. Wieder sah er dieser Emilia in die Augen und hatte– … eine Erleuchtung dort, im Halbdunkel der Liveshow. Nicht mehr essen und nicht mehr trinken würde er können, ohne diese Frau. Die Tränen würden ihm kommen, vor allem im Schlaf, ohne diese Frau. Beinahe wäre er aufgestanden und hätte sie laut angesprochen: Fräulein Emilia, kommen Sie doch bitte mal gleich am Montag in mein Büro, Saarländischer Rundfunk, Halberg 3. Ein letztes Mal reckte sie sich und stand in ihrer Schönheit einfach nur da. Keine Frau, ein Akt. Sie ließ die Arme fallen. Sie tanzte nicht mehr. Lorentz griff nach seinem Mantel. Die Welt wich zurück. Knapp wie ein Junge verbeugte sie sich am Rand der Bühne. Sie wandte den Kopf in seine Richtung, und er schnappte nach der Verlängerung ihres Blicks. Im Fortgehen kam sie näher? Eine optische Täuschung, dachte er noch. Dann fiel das Denken aus. Ihre und seine Augen fügten sich ineinander. Ihr Mund lag im Schatten, ihre Augen an dessen Saum. Mitten aus einer Wüste war eine schwarz verschleierte Frau auf ihn zugekommen, und ihre Augen waren blau, so unsagbar blau. Hagel! Er hatte die Augen hören können.

Lorentz ging ins Bad und rasierte sich nass. Um 19.00 Uhr

musste er zum Dienst. Ob heute noch jemand da sein würde? Marianne, Rieke oder die Emilia, die er heute kannte? Vor dem Spiegel tätschelte er sanft seine rasierten Wangen. Wenigstens die eigene Hand lobte ihn für das Leben, das er bisher geführt hatte.

Die Körper anderer kannte er nur noch in Kleidern.

Beim ersten Anruf hatte eine Frau wissen wollen, ob sie für eine anstehende Fortbildung nicht zu alt sei. Beim zweiten fragte gegen Ende eine, die wirklich alt war, ob während des Anrufs Gott dabei gewesen sei. Wenn Gott anwesend ist in einem Gespräch, ist Ernst anwesend, und wir beide waren ernst, finden Sie nicht?, hatte Rieke geantwortet.

Ich wohne in einer traurigen Wohnung, in der meine Vormieterin und auch die Mieterin davor Selbstmord begangen haben, sagte Riekes dritte Anruferin an diesem Ostermontag.

Wie lange wohnen Sie dort?

Sie stellte das Telefon laut, und die Frau sagte: Seit über fünfzig Jahren.

Arian saß auf dem Stuhl für Hospitanten und studierte ein laminiertes Blatt *Anlaufstellen bei sexueller und häuslicher Gewalt*. Rieke beobachtete ihn dabei. Was wusste er schon von der zähen Leere zwischen Satz und Satz, wenn ein Mensch am anderen Ende der Leitung sich schämte. Was wusste Arian von den Schimpfschleifen der einen und dem aggressiven Schweigen der anderen oder jenen Wiederholungsanrufern, die an den Geräuschen ihrer Umgebung sogleich wiederzuerkennen waren. Eine S-Bahn quietschte im Hintergrund, ein Wellensittich piepte, oder es lief *Bares für Rares* viel zu laut im Fernseher. Einen ihrer Anrufer konnte Rieke in der ersten Sekunde an seinem Feuerzeug identifizieren, das immer zum Auftakt des Gesprächs klackte. Ja, an jedem Ort gab es hörbar viel Tun im Stillsitzen.

Ist richtig was los bei Ihnen, ist ja wie auf der Kirmes, sagte Rieke jetzt zu der Anruferin mit der traurigen Wohnung. Im Hintergrund schwoll der Signalton eines Blaulichts an und ab. Er verschluckte mit seinem Lärm die Antwort der Frau. Witzig hatte Riekes Bemerkung mit der Kirmes sein sollen, genauer, Rieke hatte witzig sein wollen für Arian. Denn diese Frau mit der traurigen Wohnung würde länger reden, ganz sicher, und ebenso sicher würde Arian sich bald langweilen und am Ende fragen, warum Rieke diesen unbezahlten Job eigentlich machte. Plötzlich spürte sie, wie zäh die Dienste sein konnten, wenn sie neben sich stand und sich selbst belauschte.

Arian hatte das Adressverzeichnis *Anlaufstellen bei sexueller und häuslicher Gewalt* neben den Bildschirm gelegt. Trotz Laminierung markierte ein Kaffeefleck den Mädchennotdienst *Wildwasser.* Das Blaulichtsignal am anderen Ende der Leitung verklang, und die Frau mit der traurigen Wohnung sagte, sie wohne neben einem Krankenhaus, direkt neben der Unfallaufnahme, aber sie werde auch sonst sehr schikaniert. Vor nicht einmal so langer Zeit habe sie ihren alten Tauchsieder benutzen wollen, um das Badewasser aufzuwärmen, da habe der Anschluss zwischen Kabel und Spirale blank gelegen, und wenn sie dies nicht bemerkt hätte, hätte sie tot sein können.

Rieke schaute aus dem Fenster von Dienstzimmer 2 auf das Küchenfenster gegenüber. Wie verlassen dort drüben im zweiten Stock ein Kühlschrank auf Arian wartete.

Haben Sie einen Freund?, fragte die Frau.

Wieso?

Angefangen hat alles, als meiner mit einundfünfzig starb.

Woran?

An der Situation an sich, erklärte die Frau, diese habe dem Freund das Herz gebrochen, und seitdem werde eben auch sie schikaniert. Gleich nach der Wende habe es angefangen, dass manche Dinge, die in ihrer Wohnung rechts gestanden hatten, wenn sie das Haus verließ, bei ihrer Rückkehr links standen. Einmal seien auch die Regale von der Wand gerückt und falsch wieder zurückgestellt worden. Sie habe nämlich viele Bücher, sagte die Frau, und Rieke darauf, Bücher sind manchmal die besten Freunde, worauf die Frau meinte, ja, richtig, ihre jedoch würden meist von der Stasi oder von den russischen Gulags handeln. Riekes Telefon war noch immer auf laut gestellt. Arian wiederholte leise das Wort *Gulag*, zog die Augenbrauen zusammen und wechselte vom Hospitantenhocker auf das schmale Bett.

Rieke stellte das Telefon wieder auf leise.

Kurz darauf war Arian eingeschlafen. Ein zartes Schnorcheln wie bei Kindern, die mit Zahnspangen im Mund träumen, kam aus dem Bett neben der Tür. Alles hängt mit allem zusammen, sagte die Frau, und Rieke bemerkte, sie wurde ungeduldig. In Gedanken schweifte sie ab zu den vielen Büchern der Anruferin. Wie schlimm hatte sie sich eigentlich Gulags vorzustellen – und wie groß Russland? Ausgesprochen endlos wahrscheinlich, und die Menschen verloren sich in den Weiten, aber hatten alle Hühner und ließen Luftballons steigen, die selten bis zu einer Grenze kamen. Alle dort hatten ein Leben wie hier auch. Jeder hatte eins, doch wer konnte wirklich davon erzählen? Dazu reichte ein ganzes Leben nicht aus, und womit überhaupt fing man an?

Mittlerweile musste sich Riekes aufmerksame Unaufmerksamkeit wie ein Nebengeräusch in der Telefonleitung breitgemacht und der Anruferin mit der traurigen Wohnung das Mitteilungsbedürfnis wie Wasser abgegraben haben.

Es war kurz nach fünf. 57 Minuten hatte bislang das Gespräch gedauert, zeigte der Erfassungsbogen auf dem Bildschirm an.

Noch einen schönen Abend für Sie, sagte die Frau plötzlich tonlos und legte auf.

Beim nächsten Klingeln des Telefons wurde Arian nicht wach. Er drehte sich nur auf die linke Seite und kehrte dem Rumoren dieser ganz anderen Wirklichkeit in Dienstzimmer 2 den Rücken zu. Einen Arm ließ er die Wand hochwandern, und an den Reflexen seiner Finger konnte Rieke die Tiefe seines mürrischen Schlafes ablesen.

Dreiundzwanzig Minuten dauerte das Gespräch, das folgte, und das nächste keine Viertelstunde. Danach klingelte das Telefon eine Zeit lang nicht. Rieke saß am Schreibtisch, Arian lag nur eine Armlänge entfernt auf dem Bett. Im Haus gegenüber wartete noch immer im zweiten Stock sein Kühlschrank. Kurz glaubte sie, auf dem Flur ein Geräusch gehört zu haben. Im Dienstplan war niemand für die Schicht von 15.00 bis 19.00 Uhr eingetragen. Käme dennoch überraschend jemand vorbei, den zu Hause die Langeweile eines zweiten Feiertags geplagt hatte, würde sie aus Not lügen und sagen: Übrigens, das ist Arian, ein Hospitant vom muslimischen Sorgentelefon. Er ist verdammt gut. Er hat dieses schwarze Haar, weswegen er anderen jungen Männern mit schwarzem Haar raten kann, eine muslimische Ehe einzugehen, sobald die Anwesenheit von schönen parfümierten Frauen auf der Arbeit sie völlig aus der Fassung bringt, ja, er kann auch verzweifelten Müttern Kontakte vermitteln, wenn sie sich nicht erklären können, was die Tochter zum IS getrieben hat. Allerdings kennt er sich mit unserem westeuropäischen Gefühlsmix noch nicht so gut aus, deswegen ist er heute – etwas spontan – hier. Falls Wanda, Marianne, Emilia oder Matthias überraschend hereinkämen, würden sie zustimmend zu Riekes schauspielerischer Leistung nicken. Nur Lorentz, der würde am Ende ihrer Vorstellung murren und der Pickligen aus dem Sekretariat die Schuld geben, weil sie mal wieder nicht rechtzeitig die Dienstpläne aktualisiert hatte.

Ach Lorentz.

Leise stand Rieke auf und nahm für den Fall, dass jemand anrief, den Hörer mit zu Arians Bett. In ihrem Kopf redete Lorentz weiter. Warum schläft er eigentlich, dein Hospitant?, fragte er zu Recht.

Sie setzte sich auf die Bettkante und betrachtete Arian, der drei Nächte zuvor unter der Hochbahn ein Streichholz hatte aufflammen lassen, um ein Loch in die Dunkelheit zu graben, für sie. War es eigentlich erlaubt, einen Menschen zu beschauen im Schlaf, der ihn anders lesbar machte als das Wachsein? Mit dem Finger fuhr sie an Arians Ohrmuschel entlang und stellte sich vor, er bekäme eines fernen Tages den ruhigen Blick eines alten Mannes, der sein eigener Kalender ist, der aus dem Haus geht und am Abend wiederkommt, der sich auskennt mit Sommer und Winter, mit Frauen, Männern, mit den städtischen Buslinien und dem Tod.

Das ist ja überhaupt kein Hospitant, sagte Lorentz in Riekes Kopf, und sie darauf: Stimmt, Lorentz, das ist seit Kurzem eine lange Geschichte.

Minuten später klingelte das Telefon in ihrem Schoß. Sie blieb auf der Bettkante sitzen, aber nahm ab und zuckte zusammen, als wäre eine Glühbirne über ihrem Kopf durchgebrannt.

Guten Abend, sagte ein Mann, der klang, als würde er privat bei ihr anrufen. Wie beim ersten Mal kroch eine arglose Vertrautheit durch die Leitung, die sie bereits kannte. Doch heute schmeckte die Stimme gleich vom ersten Moment an nach Seife.

Ach, Sie sind's, sagte Rieke und stellte sich das Gesicht am anderen Ende der Leitung bitter und verwahrlost vor.

Der Mann lachte. Kennen wir uns?

Kurz vor Weihnachten haben wir miteinander gesprochen.

Haben wir?

Sie sind doch der, der in sieben Jahren Papst werden will.

Sechs, sagte der Mann, in sechs Jahren.

Tatsache?

Was dagegen?

Fahren Sie immer noch so gern Regionalzug?

Ich habe ein Pendlerticket, wieso?

Arian auf dem Bett hatte etwas gebrummt, bevor er richtig wach wurde. Er drehte sich auf den Rücken, schaute an Rieke hoch und fasste auf eins ihrer nackten Knie, das wie eine helle Insel unter ihrem Rocksaum hervorschaute. Er umschloss es, wie soeben am Mittag auch, bevor er gesagt hatte *Ich will von deinem Fenster aus sehen, wie es für dich war, als wir einander noch nicht kannten.* Dann stand er auf und machte im Hinausgehen ein Zeichen, das sie nicht verstand, bevor er mit den siegesgewissen Bewegungen eines Langstreckenläufers den Raum und auch sie verließ. Sie ging zurück zum Schreibtisch, aber öffnete keinen neuen Erfassungsbogen auf dem Bildschirm. Dieses Gespräch war ausschließlich eine Sache zwischen ihr und diesem Kerl am anderen Ende der Leitung, dem sie Übles unterstellte. In ihrer Vorstellung wohnte der nämlich in einem feuchten Haus. In Trainingshosen stieg er mehrmals am Tag über irgendwelchen Schrott in seinem Vorgarten und kam ihr dabei immer noch zu nah. Nah, näher, nichts war vorbei. Angekommen auf der Straße schaute er mit seinem klugen, flehenden Tierblick in seinen leeren Briefkasten und sagte: Küss mich, los, küss mich! Nichts hörte auf, wenn es vorbei war. Eine Sache erlebte man nicht nur einmal. Man erlebte die Dinge, wenn sie geschahen, und jedes Mal, wenn einen etwas daran erinnerte, erlebte man sie wieder. Dieser Kerl am anderen Ende der Leitung, mit dem Arian sie, ohne es zu wissen, allein gelassen hatte, redete doch nur mit ihr, damit sie erfuhr, was sie selber dachte.

So war auch das schon einmal gewesen.

Rieke schaute aus dem Fenster, aber nicht zum zweiten Stock Vorderhaus, sondern drei Stockwerke höher. Ganz oben auf einem Balkon steckte ein buntes Plastikwindrad im Blumenkasten, das still zurückschaute.

Ich beuge mich in der Küche unserer Dienststelle über den Mülleimer, um den Aschenbecher für den jungen Mann zu leeren, der soeben aus Dienstzimmer 2 herübergekommen ist. Mit Zigarette im Mundwinkel reißt er jetzt auf dem Balkon einen Beutel Blumenerde für mich auf. Ich hätte eine Schere dafür gebraucht. Trotz seiner Jugend sieht er aus, als sei er bereits im Reinen mit sich. Er hat die gleichen Locken wie Carl und wie Ahmad Shah Massoud, früher einmal der Anführer der afghanischen Nordallianz. Ahmad Shah Massoud und mein Mann Carl haben beide wie Bob Dylan ausgesehen. Dylan lebt noch, der junge Mann hier ist jung, doch Massoud, der Mudschaheddin, und mein Mann sind lange tot. Der eine wurde in blutige Fetzen gerissen bei einem Attentat der Al-Qaida, keine zwei Tage vor dem 11. September. Der andere, ausgebildet für den Bau von Zeitbomben von der jordanischen Al-Fatah, starb dreißig Jahre früher an einer Westberliner Hausecke. Die Polizei erschoss ihn nah einer Ampel, die danach weiter ihre Pflicht tat und tut, bis heute. Das Rot, das Gelb, das Grün, als sei nichts geschehen. Manchmal gehe ich zufällig dort vorbei und frage mich, wie sich Carl, mein Mann, wohl bei der Fatah in jenem Sommer gefühlt haben mag, als er mit Sprengstoffgürtel durch den Wüstensand kroch und ich hier in der Stadt unser Kind schreiend zur Welt gebracht habe. Wir sind ein Meilenstein in der Entwicklung des internationalen Terrorismus, hat er mit dem Baby auf dem Arm nach seiner Rückkehr gesagt. Woran Carl wohl gedacht hat, wenn er das TNT für eine Bombe präparierte? Dynamit ist der kürzeste Weg zum Licht, hat er gesagt, als er an einem lichtlosen Berliner Nachmittag zum letzten Mal den Kinderwagen durch unsere Nachbarschaft schob. Mit der gleichen Behutsamkeit und Genauigkeit, wie er Bomben bastelte, hat er mich manchmal morgens vom Flur weg und zurück ins schlafwarme Bett gezogen. Er war ein hingebungsvoller Mann, politisch und persönlich. So etwas ist gefährlich in einem gefährdeten Land.

Länger als nötig verharre ich jetzt schon in dieser gebeugten Haltung über dem Küchenmülleimer, als beugte ich mich über mich selbst. Woher kommen Sie?, möchte ich zum Balkon hinüber den jungen Mann fragen, der nun den Beutel Blumenerde auf vier leere Kästen an der Brüstung verteilt. Warum schaue ich ihn, der Erde verteilt, dabei an, als wäre er ein Foto unter Glas, abgelichtet zusammen mit achtzehn anderen, die als Poster neben dem Fahrstuhl zur Asservatenkammer eines Polizeipräsidiums hängen? Wegen der Locken? Unsere lieben alten Terroristen, so sagen die älteren Polizisten wohl zärtlich, wenn sie Besucher an dem Fahndungsplakat vorbei zur Kantine führen. Ein Nicken, hier wie dort: Ja, die RAF, das waren noch Zeiten. Jetzt ist die Welt eine andere. Auch der Schnee bleibt nicht mehr liegen, wenigstens in den letzten Jahren nicht. Lag eigentlich Schnee an jener Westberliner Hausecke im Winter 71, als die Polizei schoss und traf, genau da, wo heute eine Investmentbank steht? Sah sein Rücken aus wie Erde, als er fiel?

Ich lasse den Mülleimerdeckel zufallen und stütze eine Hand auf das blaue Plastik, um mich wieder aufzurichten. Länger als nötig werde ich wohl in dieser gebeugten Haltung verharrt haben. Viel geht gerade in meinem Kopf durcheinander. Ich wiederhole mich, denn nichts lässt sich gleichzeitig erzählen, auch wenn es über Zeiten hinweg zusammengehört, ja, so wie Hefe und Teig.

Oder Birnenessen und Schneegestöber … Ich glaube, ich wiederhole auch meine Sätze.

Manchmal möchte ich diese zusammengehörenden Momente synchron beschauen, übereinanderschichten, damit alles, was war und gewesen sein wird, zueinander flüchten und ein neues Lied singen kann. Was ich erzähle, ich weiß, hat mich längst zu einer schwer nachvollziehbaren Person gemacht. Was ich jedoch nicht weiß, ist, warum der Lichtschalter hier in der Küche, der so alt ist wie ich, noch funktioniert. Jedes Mal, wenn ich ihn drehe, bin ich erstaunt, dass es Licht wird.

Der junge Mann mit den Locken tritt vom Balkon in den Türrahmen. Wir mustern einander.

Wo kommen Sie eigentlich her, Sie und Ihre schönen Locken?, frage ich und halte ihm den ausgewischten Aschenbecher hin.

Er zieht die Augenbrauen zusammen und zeigt an mir vorbei auf die verschlossene Tür von Dienstzimmer 2. Dann lächelt er.

Hätten Sie mich das gestern um diese Zeit gefragt, sagt er, hätte ich gesagt, vom Sport.

So, wie er sich bewegt, glaube ich ihm das sofort. Er nimmt mir den Aschenbecher ab und sieht mich überrascht an.

Ihre Nase blutet!

Ich fasse mir ins Gesicht.

Gibt es hier Küchentücher?, fragt er. Sie haben echt Nasenbluten.

Nasenbluten, ich?

Ich lege den Kopf in den Nacken. Komisch, das kriegen doch eigentlich nur Kinder.

Er reicht mir ein Stück Küchenpapier. Zwischen uns steht der Küchentisch mit den Pflanzen in Plastiktöpfchen darauf. Der lange Hals einer einzelnen Osterglocke bewacht den roten Feuersalbei und die grünen Federblümchen, die noch nicht aufgeblüht sind. Das Rot, das Gelb, das Grün, als sei nichts geschehen … Erst heute habe ich die Palette hergebracht. Gekauft habe ich sie letzte Woche schon, an irgendeiner Berliner Hausecke. Längst hätte ich sie einpflanzen sollen, aber hatte keine Zeit. *Habe keine Zeit,* sage ich, wenn ich keine Lust habe. Zeit gibt es eh nicht. Lust schon.

Ich setze mich auf einen Küchenstuhl, ich, eine alte Frau mit Fahrradklemmen an den Hosenbeinen, obwohl ich an diesem Ostermontag nicht mit dem Fahrrad gekommen bin. Die Klemmen g e h ö r e n zu mir. Ich drücke Küchenpapier unter meine Nasenlöcher und erinnere mich. Genauso war es schon einmal, als mein Carl mich eines Nachts bei den Schultern gepackt und ich davon Nasenbluten bekommen habe. Ob das mit unserem Kampf richtig ist, hängt davon ab, ob es möglich ist, meine Liebe, hat er laut geflüstert oder leise geschrien in einem Ton, den ich von ihm noch nicht kannte und der mich siedend heiß hat frösteln lassen, damals.

Sehe ich eigentlich aus, als hätte ich geboxt?, frage ich jetzt den jungen Mann mit den Locken.

Wer boxt, wird nicht geboxt, sagt er.

Wer boxt, wird nicht verrückt, sage ich – boxen Sie etwa?

Ja.

Verrückt, sage ich.

Auf dem Balkon brennt seine Zigarette auf dem Rand des Aschenbechers, den ich für ihn ausgewischt habe. Sie schickt kleine Rauchzeichen in den Himmel und erinnert mich an eine andere Zigarette. Ich höre zu rauchen auf, hat Carl eines Morgens mit Kippe zwischen Mittel- und Ringfinger gesagt und ein paar letzte Wölkchen gauloisesblau zur Schlafzimmerdecke steigen lassen. Wir lagen nebeneinander im Bett und schauten in den verrauchten Himmel keine vier Meter über uns. Carl hat die letzte Glut einfach ausgedrückt und den Aschenbecher unters Bett geschubst. Nach seinem Tod habe ich ihn dort wiedergefunden und ausgewischt, ich, die ich mittlerweile nur noch eine schmale Silhouette in einem zu großen Jackett bin, zu der sich heute der junge Mann mit seinen Locken an den Küchentisch setzt, um mit dem Finger auf meine Nase zu zeigen.

Sie, sagt er, Sie kennen Muhammad Ali, den Boxer?

Was für ein Vergleich, sage ich und schiele auf seinen Finger, der schwebte wie ein Schmetterling und stach wie eine Biene, aber nicht mehr im Kampf gegen Frazier, da hing der in den Seilen.

Ich erinnere mich, mein Großvater hat mir davon erzählt, sagt der junge Mann.

Wie in einem Halbtraumraum hing er da, sage ich.

Wo so ein schwerer Treffer einen schon mal hinbefördern kann, seufzt er, ich kenne das: Eine Tür öffnet sich, und bläuliche, orange und grüne Lichter blitzen auf …

Oder man sieht Fledermäuse, die Trompete spielen …

Oder Alligatoren …

Ja, auch Alligatoren, wiederhole ich, bei deren Anblick vibriert der Geist wie eine Stimmgabel …

Genau, ich hätte das nur nicht so sagen können, sagt er.

Wir schauen einander an, und Wärme fließt zwischen uns hin und her.

Du hast Gott in deiner Ecke, riefen die Fans, sagt er nach einer Weile und unterbricht den Blickkontakt.

Aber davon ging Muhammad Ali eh aus, sage ich gelassen, ich, die alte Frau, die flach ist wie eine Oblate und grau wie die Hauswände um sie herum, auf die sie bald schon keinen Schatten mehr werfen wird.

Das war 1971, dieser Kampf gegen Frazier?

Ich nicke stumm. Damals war ich in einen ganz anderen Kampf verwickelt und schon Witwe …

Wie bitte?, fragt er und beugt sich vor.

Ich habe nichts gesagt, sage ich.

Menschen haben eine äußere und eine innere Wirklichkeit zu teilen. Sie können sich miteinander verständigen, wenn die äußere übereinstimmt. Sie können sich lieben, wenn die innere übereinstimmt. Stimmt aber die innere Wirklichkeit des einen mit der äußeren des anderen überein, so haben sie ein Geheimnis, das selbst ihnen geheim bleibt. Sie gehören zueinander, ohne je einander anzugehören und bleiben auch über die Entfernung ineinander verwickelt.

Warum machen Sie das eigentlich hier?

Wieso?, frage ich zurück, aber würde lieber seine Locken anfassen, als sei dort etwas Gewisses.

Sie passen nicht hierher, wo wohnen Sie eigentlich?

Vierzig Minuten von hier mit dem Rad, wenn ich schnell bin, lüge ich und zeige auf die Klemmen an meinen Hosenbeinen, denn in Wahrheit bin ich mit der Bahn gekommen. Ich fahre ab April immer mit dem Rad, füge ich noch hinzu.

Ich heiße übrigens Arian, wie heißen Sie?

Ich?

Mir ist heiß geworden. Mein Gott, eine Hitzewallung, und das nach all den Jahren.

Ja, das ist Arian, echot es in dem Moment von der Küchentür her. Rieke steht da und zeigt auf das blutige Küchenpapier in meinem Schoß.

Hat er dich geschlagen?

Ich stehe auf, um die Balkontür anzulehnen, einfach so. Plötzlich habe ich Lust, wieder allein zu sein mit meiner gemäßigten Einsamkeit, und zeige auf die Küchenuhr über der Tür. Zwanzig vor sieben ist es schon, Rieke, sage ich, als würde ich die Apokalypse verkünden, am besten ihr geht jetzt, ihr zwei. Nun noch ein Gespräch anzunehmen, lohnt nicht. Außerdem hat gleich Lorentz Dienst. Meistens kommt er zu früh. Wenn's der Teufel will, erwischt er euch hier.

Mit dem hatte ich soeben bereits das Vergnügen, antwortet Rieke, hör mir auf mit dem.

Mit Lorentz?

Nein, mit dem Teufel, aber den habe ich für die nächsten vierundzwanzig Stunden gesperrt. Bis morgen um diese Zeit kann er nicht mehr hier anrufen.

Der Teufel kann hier nicht mehr anrufen?, wiederholt Arian, als käme er aus einem Traum, der einfach abgerissen ist, und sie darauf, ja, du kannst ihn aber auch Prediger oder Segner oder Kinderschänder mit Pendlerticket nennen.

Was ist denn los, fragt Arian, was ist denn mit dir los?

Der Teufel, der ist los!

Das Band der Scham hat sich rot und fest um ihren Hals gelegt, Rieke setzt sich und sagt, diese männliche Verkörperung allen Übels, an die eigentlich keiner mehr glaube, selbst sie nicht, würde heute mit niemandem von Sorgentelefon e. V. mehr telefonieren, um zu verkünden, er werde in sechs Jahren Papst. Sie habe soeben ihm bereits mitgeteilt, dass so ein Berufswunsch für einen Feind aller Seelen absurd sei, dass ein Gespräch darüber und vor allem eins mit ihr zu nichts führe und sich auch nicht wie tödlicher Dreck auf sie legen dürfe. Sie lasse sich einfach nicht weiter missbrauchen, und zur Not würde sie dieses Telefonat umgehend nach dessen Beendigung mit beiden Händen aus ihrem Hirn kratzen. Damit habe sie es jetzt übrigens eilig, sehr eilig, folglich bleibe ihr nur, ihm noch einen schönen Abend zu wünschen und aufzulegen.

Behüte Sie Gott, aber bitte meiner, nicht Ihrer, habe ich noch zu ihm gesagt, sagt Rieke.

Sie schweigt und fängt an, ihre Haare zu flechten, und das Schweigen im Raum wird zum Zopf.

Geht es dir jetzt besser?, fragt Arian irgendwann leise, aber sieht mich dabei an.

Rieke wirft den fast fertigen Zopf über die Schulter, nimmt Arian bei der Hand, zieht ihn vom Stuhl und weiter aus der Küche. Zieht ihn fort aus der Dienststelle und wahrscheinlich auch für immer fort aus meinem Leben. So ist das, ich kann nichts dagegen tun. Die ersten drei Schritte ist Arian rückwärtsgegangen. Er setzt seine Kapuze auf, und als er mir aus dieser Stoffhöhle zulächelt, stolpert er über die Küchentürschwelle.

So war das, und dann ist er fort. Ich tröste mich und versuche, es nicht persönlich zu nehmen. Warum eigentlich verschwinden Leute einfach so?, frage ich mich, als die Etagentür ins Schloss fällt.

Weil sie nicht wissen, wohin sie gehören, nehme ich an.

Ich laufe zum Fenster in Dienstzimmer 2, um den beiden hinterherzuschauen. Im Hinterhof parkt noch immer die schmuddelige Couchgarnitur aus Cord zwischen zwei Autos. Wie die beiden so dicht nebeneinander Richtung Straße laufen, von wo aus der Weg weiter in die Welt führt, sehen sie wie Hänsel und Gretel aus, deren Proviant fast verbraucht ist, obgleich sie noch lange nicht am Ziel sind, das Teheran oder Tübingen heißen könnte. Dunkle, horchende Tiere werden ihnen da wie dort begegnen, Kartenhäuser werden rechts und links von ihnen wie Häuser umfallen – und Häuser wie Kartenhäuser. Ziegel werden wieder Erde werden und tote Bretter auferstehen zu Geisterhainen. Wölfe werden auf der langen Reise in den Straßen von Persien heulen, Füchse im Spiegelsaal zu Schloss Rheinsberg spielen, und im Keller eines Istanbuler *Museums der Unschuld* wird ein Elefant mit schrumpeligen Lidern sich langsam um sich selbst drehen und sein Lager zurechtstampfen. Alles, was ich mir in dem Moment ausdenke, ist irgendwann sicher schon geschehen oder wird bald geschehen sein. Es geht eigentlich nur noch um die Mitschrift. Wer erzählen will, muss nur eine Zeit lang zuhören, nein, hinhören! Deswegen mache ich auch die Dienste hier, denke ich, sie haben mit Erzählen zu tun. Was die Leute eigentlich sagen wollen, wenn sie anrufen, bleibt oft kaum greifbar. Zu viel geräuschvolle Einsamkeit bauscht sich um sie herum auf. Man hört im Telefon den Ton, aber sieht nicht die Sache, denn die meisten tragen beim Sprechen die Maske ihrer Umgebung. Vielleicht schämen sie sich auch, oder es ist ihnen nicht verfügbar, was sie sagen wollen. In sich haben sie einen Mund, der nie spricht. Ich höre ihnen zu, um mit eigenen Worten nachzuerzählen, was ich vernommen habe. Es gibt nämlich einen Sinn, den man hört, und noch etwas anderes, Zutreffenderes – das man nur vernimmt …

Ich sehe am Vorderhaus hoch. Das Plastikwindrad im fünften Stock, das in den vergangenen Jahren von Witterung zu Witterung bleicher geworden ist, rast manchmal hilflos schnell um sich selbst.

Manchmal steht es still und glotzt, wenigstens auf den ersten Blick, bunt und dumm zu unseren Dienstfenstern hinunter. Auf den zweiten aber hat es seine dünnwandigen Spitzen wie Ohren aufgestellt und hört mit, um genau im richtigen Moment wieder Fahrt aufzunehmen – zur Not auch ohne Wind.

Ich fahre den Computer für Rieke herunter. Sie hat es eilig gehabt.

NACHSPANN

Wie will ich all meine Geschichten hier zu Ende gehen lassen? Ebenso gut könnte ich mich fragen, wie geht das Leben zu Ende? Oft bin ich in den letzten Tagen, Wochen, Jahren von einer Stimme zur nächsten übergewechselt, um nun hier in der Abenddämmerung an einer Endhaltestelle namens Ostermontag auszusteigen? Aber keine Geschichte ist zu Ende an dem Tag, an dem sie zu Ende erzählt wird. Es ist April, der neunundsiebzigste meines Lebens. *April ist ein übler Monat, der übelste von allen, und mischt Erinnerung mit Lust.* Ich weiß, wovon ich rede, aber schweife ab ins Dichten oder ungefähre Zitieren. Nochmals und konkreter also: Wird Lorentz bei nächster Gelegenheit zum Sprecher der Ehrenamtlichen gewählt, und Matthias verschwindet kurz darauf von den Dienstplänen des Sorgentelefons? Oder verschwindet Matthias ganz? Niemand kann ihm verbieten, woanders noch einmal anzufangen und auf dem Weg dorthin die Absätze von neuen Westernstiefeln wie auf dem Weg zu einer Schießerei in den Boden zu hacken. Wird er zu einem Vorsprechen an irgendeinem Provinztheater gehen, wo niemand ihn kennt? Möglich, denn alles ist möglich und auch, dass er ein Gedicht von Rilke statt des gewünschten Monologs vorbereitet hat. *Wer jetzt kein Haus hat, baut sich keines mehr / Wer jetzt allein ist, wird es lange bleiben.* Das wiederholt und wiederholt er, während er auf der Probebühne im Kreis läuft und zwei Neonröhren über ihm leise sirren. Da ihn nicht Handlung, Haltung oder eine erfundene Situation tragen wollen, sondern nur die Erinnerung an einen gewissen Samstag in einem gewissen Baumarkt, drückt Matthias Bewegtheit durch Bewegung und innere Anspannung durch Atemlosigkeit aus. Stopp, ruft der Intendant, stopp, wo haben Sie bisher gespielt? Im Casino, sagt Matthias und weiß: Das war's. Eine der Neonröhren an der Decke flackert, erlischt und flackert von den Enden her wieder auf. Mit Ihrer Kondition können Sie gern als Bühnenarbeiter bei uns anfangen, schlägt der Intendant vor. Matthias bleibt am Ort und weit fort von Emilia, die zuverlässig beim Sorgentelefon ausharrt und sich weiterhin professionell verhält, vor allem wenn es um Gefühle geht. Kindheit, ach, meine Kindheit, hat sie dem Stuhlkreis längst gestanden, das ist für mich eine Erinnerung an die Eiszeit. Ihre Haare sind derzeit weder glatt noch lockig, aber abgeschnitten worden an dem Tag, als Matthias verschwand. Dem ursprünglichen Goldton hilft sie mit einer Farbe aus dem Drogeriemarkt nach. Auf dem anstehenden Hofsommerfest der Ehrenamtlichen nennt Lorentz nach dem vierten Glas Wein Emilia einen Marzipankonditor, der sogar auf hohen Riemchenschuhen laufen kann. Noch im gleichen Atemzug macht er sich über Matthias lustig. Den hätte ich eh rausgeschmissen!, behauptet er, und Emilia, die ebenfalls zu viel getrunken hat, ohrfeigt den Lorentz so, dass es danach in seinem Kopf piept. Mit dem Taxi begleitet Marianne ihn und sein Knalltrauma ins Krankenhaus, obwohl es ein Samstag ist. An Samstagen nämlich hat sie sich angewöhnt, zum Flughafen Tegel zu fahren, der in jener Zeit nah unserer Zeit noch kein Impf- oder Einkaufszentrum ist. Wenn sie Glück hat, ist auch der Tisch, den sie ihren Tisch nennt, im Café der Abflughalle frei. Sobald die ersten Abendflüge angezeigt werden, holt sie sich am Tresen ein kleines Pils und bleibt, bis ein letzter Bus zurück in die Stadt fährt. Marianne wird so bis zur Schließung des Flughafens keinen Mann gefunden haben. Aber Wanda findet eine Frau, eine Surflehrerin, deretwegen sie derzeit Meeresbiologie studiert, um später einmal als Fremdenführerin an Wattenmeeren jobben zu können. Nachdem Rieke kurz nach Weihnachten schwanger geworden ist, zieht sie mit Arian in eine gemeinsame Wohnung. Den Kühlschrank hat er mitgebracht, sie das Bett. Es ist März, einer, der anders ist. Der Umzug ist nicht leicht gewesen, auch die Zeiten sind es nicht. An ihrem Schreibtisch mit der moosgrünen Beschichtung denkt sie mit Blick aus einem jetzt anderen Fenster darüber nach, die Abschlussarbeit über einen DDR-Dramatiker, genauer, über dessen einen Satz zu schreiben, der gerade aktuell ist: *Gott ist kein Mann keine Frau ist ein Virus.* Nein, sagt sich Rieke, besser nicht, besser nicht setzen auf etwas, das seine Zeit bald schon gehabt haben wird.

Arian und sie heiraten?

Nein, sie heiraten nicht, wenigstens derzeit nicht.

Und ich? Soeben erst habe ich bemerkt, dass ich Lorentz ein wenig vergaß und dass der Name *Arian* sich in *Marianne* versteckt hat. Schon klar, nichts ist vorbei, wenn *Ende* da steht. Da draußen irgendwo wartet ein Tisch. Er ist noch feucht. An ihn werde ich mich setzen und nochmals beginnen. Morgen.

Während ich an dem Roman gearbeitet habe, habe ich folgende Autorinnen und Autoren gelesen: Mahshid Amirshahi, Jürgen Becker, Laura Dürrschmidt, T. S. Eliot, Didier Eribon, Jean-Luc Godard, Joachim Helfer, Wolfgang Herrndorf, Julia Hosse, Hanns Dieter Hüsch, Friedrich Jürgenson, Alexander Kluge, Else Lasker-Schüler, Heiner Müller, Rainer Maria Rilke, Elke Schmitter, Paulus von Tarsus. Ihre Texte sind auf die eine oder andere Art mit dabei.

Dank auch an Susanne Feldmann, Astrid Köhler, Elke Rutzenhöfer, Ela Thielker und Susanne Wülfing für ihr genaues Lesen.

Außerdem danke ich Uwe Müller und Jörn Kleinhardt für ihre Zeit und ihren Rat.

Von Judith Kuckart sind bei DuMont außerdem erschienen:
Der Bibliothekar
Lenas Liebe
Die Autorenwitwe
Dorfschönheit
Kaiserstraße
Die Verdächtige
Wünsche
Dass man durch Belgien muss auf dem Weg zum Glück
Kein Sturm, nur Wetter

Dieses Buch wurde klimaneutral produziert.

Erste Auflage 2022

Umschlaggestaltung: Lübbeke Naumann Thoben, Köln
Satz: Angelika Kudella, Köln
Gesetzt aus der Minion Pro
Druck und Verarbeitung: CPI books GmbH, Leck
Gedruckt auf säurefreiem und chlorfrei gebleichtem Papier
Printed in Germany
ISBN 978-3-8321-8156-7

www.dumont-buchverlag.de

—

»Ein poetisches Buch über die Grenzen von Wirklichkeit und die Frage, wann aus einer Erfindung eine Lüge wird.«
KULTURSPIEGEL

288 Seiten / Auch als eBook

»Der Mann, den ich liebe, ist am Sonntag vor zwei Wochen in der Geisterbahn verschwunden.« Mit dieser Aussage steht Marga eines Tages vor Robert vom Morddezernat. Robert ist sich nicht sicher, was er von dieser Geschichte halten soll. Aber er ist fasziniert von Marga und verstrickt sich in deren reizvoll skurrile Lebenswelt. Und es dauert nicht lange, bis er als Mordermittler zuständiger ist, als er sich gewünscht hätte.

DUMONT